ジョルジュ・サンド　愛の食卓

19世紀ロマン派作家の軌跡

アトランさやか

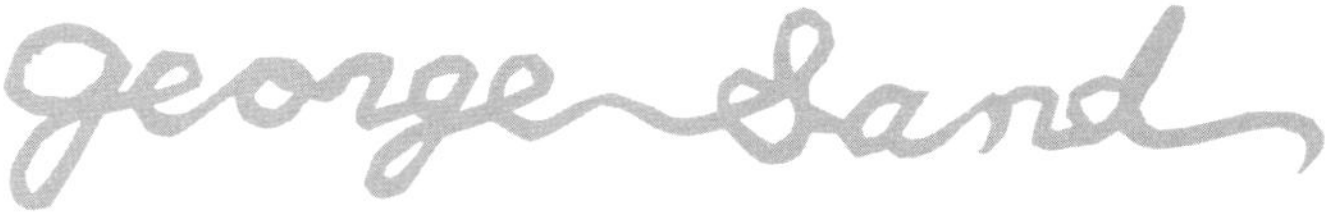

現代書館

コンフィチュール*は自分の手で作らないといけないし、
その間少しでも目を離してはいけません。
それは、1冊の本を作るのと同じくらいの重大事なのです。

ジョルジュ・サンド

＊コンフィチュール confiture
フランス語でジャムのこと。果物などの砂糖漬けという意味もある。

はじめに　今、なぜジョルジュ・サンドなのか

1804年の夏、パリで生まれたジョルジュ・サンド。広く時代や場所を見渡しても、彼女ほど自由に、そして力強く生きた人物は稀だ。

幼い頃から複雑な家庭環境の中で育ち、子どもらしい無邪気さとはかけ離れた少女時代、思春期を送ったサンド。結婚すると女性は夫の所有物のように扱われた時代にあって、結婚にも幻滅した。法の決まりによって離婚さえも許されない中、サンドは自らの道を切り開いていった。順風満帆とはほど遠い人生だったけれど、あらゆる不幸や社会の制約をものともせず、夢、想像力、そして知力を武器に気高く闘った。

生涯に数多くの小説をものし、友人達に長い手紙をしたため、政治に関する文章も手が

けたサンド。ひとりの芸術家として、ひとりの人間として、自分と他者の自由のために机に向かい、尽きることのないエネルギーで筆を走らせた。

その一方で、サンドは暮らしを楽しむ達人でもあった。ピアノ、ハープやギターを奏で、絵筆をとり、森を散策し、自宅で演劇を上演し、家庭菜園にも精を出した。そしてまた、料理をこよなく愛し、友人を招いての会食に情熱を傾ける食いしん坊でもあった。

フランス中部ノアンにあるサンドの小さな城館には、各地から名だたる芸術家達がやってきた。ショパン*やリスト*、バルザック*、フロベール*、アレクサンドル・デュマ・フィス*、ドラクロワ*など、当時のヨーロッパを代表とする才気あふれる芸術家、思想家や政治家が、サンドと共に食卓を囲んだ。

ショパンをはじめとする多くの男性と浮名を流したことから、「恋多き女」としても知られるサンド。でも、その軌跡を細かくたどってみると、生真面目で献身的な修道女のような女性像も浮かび上がってくる。

生身の人間であるサンドには、もちろん、時には怒ったり、悲しみにうちひしがれたり

*フレデリック・ショパン　1810-1849　ロマン派を代表するポーランドの作曲家、ピアニスト。1831年にパリへ渡る。代表曲に「ポロネーズ」「幻想即興曲」「華麗なる大円舞曲」など。

*フランツ・リスト　王政ハンガリー出身の作曲家、ピアニスト。代表曲に「ラ・カンパネラ」「愛の夢」「ハンガリー狂詩曲」など。

*オノレ・ド・バルザック　1799-1850　フランスの小説家。代表作に『ゴリオ爺さん』『谷間の百合』など。

*ギュスターヴ・フロベール　1821-1880　写実主義を確立したフランスの小説家。代表作に『ボヴァリー夫人』『サランボー』など。

する日々もあった。それでも、常に人類の幸せのために祈り、最後まで行動し続け、希望を失うことはなかった。地に足のついた夢想家だったジョルジュ・サンドは、私達に宝の山を残していった。

43歳で書き始めた自伝『我が生涯の歴史』には、こんな一節がある。「人は、思いやりの心をもって生まれてきたならば、必ずやこの地上に愛するものを見つけるものです。だからこそ、私達は他者を憐れんで手を差し伸べたり、苦しんだりするのです。あなたがどんな年齢だったとしても、苦しみや疲労、恐怖を消そうとはゆめゆめ考えないでください。なぜなら、それは無関心、無力の現れであり、死期の前に死を迎えることに等しいのですから」

自分だけの幸せに執着して、世界で起きている出来事に無関心でいるうちに、私達の感情は干からびてしまう。

「ジョルジュ・サンドは、私そのもの」と言うフランス人女性に、私は何度か出会った。パリの日本語新聞『OVNI』に「ジョルジュ・サンドの食卓から」を連載していたときのこと。「ジョルジュ・サンドの『魔の沼』をいそいで読まないと」と、締め切りを前に

*アレクサンドル・デュマ・フィス　1824-1895　フランスの小説家、劇作家。代表作に『椿姫』など。

*ウジェーヌ・ドラクロワ　1798-1863　ロマン派を代表するフランスの画家。フランス7月革命を主題とした「民衆を導く自由の女神」などが有名。

あせる私に、ある女性は言った。「あなたって、ラッキーな人ね」

なにかにつけて凡庸な私は「ジョルジュ・サンドは、私そのもの」とは恐れ多くて宣言できない。苦しいことからは、一目散に逃げたくなる。ただ、とてつもなく閉鎖的な世の中で自由に生きたサンドのことを思うと、勇気がふつふつとわいてくる。

ざっと200年ほど前、フランスという日本とは異文化の国で生まれ育ったジョルジュ・サンド。市民革命によってそれまでの常識がひっくり返り、皆が必死に生きている時代だった。21世紀の日本とは一見かけ離れているようで、実は、共通点も多い。そこには、性や階級の差別に苦しむ人びとや、それに心を痛めて行動する人びとが、確かにいた。

「こういう環境だからしようがない」「自分はマイノリティだからしようがない」と、心の声をもみ消すような切ないことをするのは、もったいないと思う。つまらない思い込みと縁を切って、しなやかな心で生きていく人びとが増えれば増えるほど、社会は風通しがよくなっていくはずだ。夢も、恋も、あきらめることはない。

第1章ではサンドの人生をたどりながら、読者それぞれの少年・少女時代や思春期を優しい気持ちで振り返ってみてほしい。第3章で紹介したサンドの恋模様からは、恋愛中でもそうでなくても、きっとインスピレーションを得ることがあると思う。第4章には、私達の現在や未来に役立つヒントにあふれるような、サンドならではのユニークな芸術観や生活感のエッセンスを集めてみた。言葉の力だけではとてもつかめないその人となりを紹介したい気持ちから、パリで楽しめるサンド巡礼のページも設けた。どこからでも、気になったところから、まずはつまみ食いをしてみてもらえたら嬉しい。

第2章では、サンドが愛した料理も紹介している。ワインでも片手に、いつもとは違う気分でキッチンに立ってみること。ふだんとはひと味違う料理やデザートを、ゆったりとした気持ちで作ってみること。できた料理は誰かと一緒に食べてもいいし、ひとりでじっくり味わってもいい。

翌朝には、お気に入りのショパンの曲でも聴きながら、サンドもショパンも大好きだったショコラ・ショー*を飲んでみよう。サンドがそうしたように、ごく濃く入れたショコラ・ショーに、少しだけクレーム・フレッシュ*をたらしてみてもいいかもしれない。

そうやって始める一日には、きっと、それまでとは違った気づきがある。

*ショコラ・ショー
温かいココアのこと。フランスではチョコレートを使用するカフェも。

*クレーム・フレッシュ
濃厚なクリーム。

ナダール撮影による
ジョルジュ・サンド

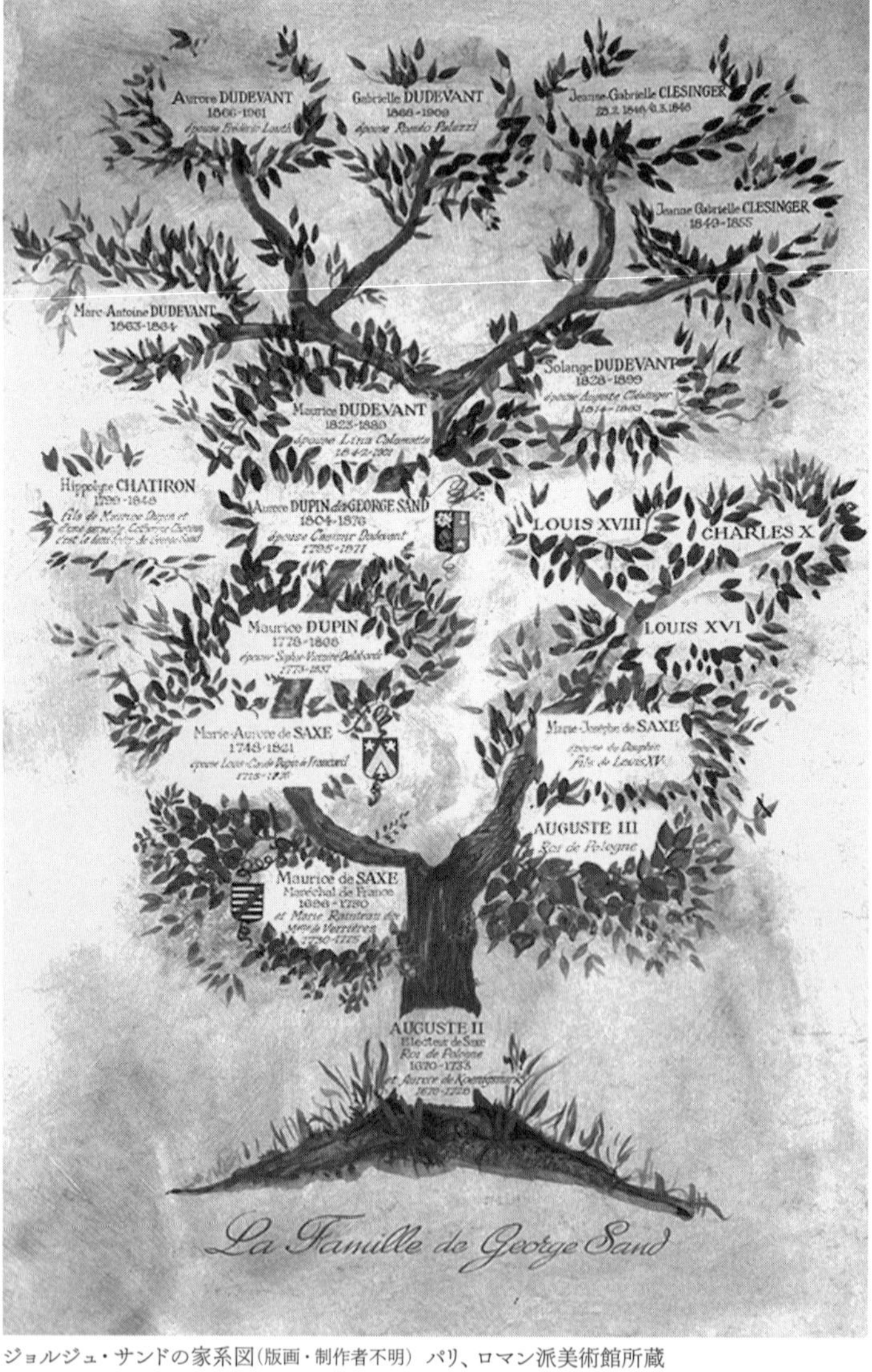

ジョルジュ・サンドの家系図（版画・制作者不明） パリ、ロマン派美術館所蔵

Arbre généalogique de la famille de G.Sand. Estampe anonyme (accrochée en salle) Paris, musée de la Vie romantique ©musée de la Vie romantique/ Roger-Viollet

目次

第2章 ノアンの食卓 053

第3章　恋人達、友人達　097

第4章 ママンは総合芸術家 135

第1章

ジョルジュ・サンドに会いに

パリの下町に、ロマン派美術館という小ぢんまりした瀟洒な建物がある。かつて、肖像画家のアリイ・シェフェールが暮らした邸宅だったこの場所には、ジョルジュ・サンドをはじめとする時の文化人が集った。画家のドラクロワ、作曲家のショパン、リスト、作家のディケンズ……。

ショパンのピアノ曲が静かに流れるそのサロンには、ジョルジュ・サンドの肖像画がかかっている。オーギュスト・シャルパンティエによってとらえられた作家のまなざしは、知性にあふれるものでありながら、子どもに向かって微笑んでいる母親のようでもあり、悟りを得た聖人のようでもある。かの有名な「モナリ

ロマン派美術館にあるサンドの肖像

ザ」を想起させるような、とらえどころのない魅力で、見るものを虜にする。「洗練」よりは、「重厚」という言葉が似合う外見。光を放つ大きく力強い瞳やひきしまった口元からは、その意思の強さがにじみでる。少しやつれた目元と顎についた薄い脂肪は、このとき30代半ばであった作家が重ねてきた年月や経歴を思わせる。つややかで豊かな黒髪は中央で分けられ、白と赤の花が飾られている。

サロンには、サンドの父方の祖母マリ＝オロールの肖像画も飾られている。結い上げた髪にきらびやかなドレス。凜としたたたずまいのその女性からは、誇り高さが漂う。そう、サンドには貴族の血が流れていた。サンドの父であるモーリスの曽祖父はポーランド国王アウグスト2世、祖父はフランス国王に仕えた軍人サクス元帥だった。祖母は、晩年に体調を崩してからも、食卓につくときには化粧を忘れず、ダイヤモンドの

サンドの父　モーリス・デュパン

サンドの母　ソフィー＝ヴィクトワール・ドラボルド（ジョルジュ・サンドによるデッサン）

アクセサリーをつけるような女性だった。

　一方、サンドの母、ソフィー＝ヴィクトワールはなんの肩書ももたない一庶民で、「パリの古い舗道から生まれた貧しい子ども」。その父は、パリの片隅でビリヤード台のある小さなカフェを営んでいた。後にポーム*の道具を売ったり、道端でカナリヤやヒワなどの小鳥を売ったりしていたと伝えられているけれど、その風貌は想像することしかできない。そんな父も、ソフィー＝ヴィクトワールが幼い頃に亡くなっている。

　サンドが書いたように、貧しい人びとは「地上を通過するものの、足跡をまったく残さない」。彼らには、富を象徴するような華美な衣服を身につける習慣はない。もちろん、肖像画家の前でポーズをとることもなく、ただ毎日を生きのびていく。

　サンドは、「私は、貴族とボヘミアンから生まれた娘」と、ふたつの階級に属していることを誇りにしていた。身分の異なる父母をもって生まれたことは、後年、作家として次々に作品を発表するだけにとどまらず、皆に平等な社会を目指して活動したサンドの原動力にもなった。

　サンドにとって、家系をたどることは自らを知るうえで欠かすことのできない大事な作業だった。自伝『我が生涯の歴史』の冒頭では、先祖についての記述に大いにページを割いたうえ、家族について書くことを職人や農家の人びとにも奨励している。

*ポーム
テニスの原型になった昔の球戯。

パリの屋根裏部屋で

1804年7月1日パリ。フランス革命後にしかれた共和政が終わり、ナポレオンによる帝政が始まった年の夏のこと。後に世の中を少なからず変える作家となる女の子が、マレ地区にあるアパルトマンの屋根裏部屋で産声を上げた。その日、女の子の父親はヴァイオリンを弾き、母親は美しいピンクのワンピースを着ていたという。

その女の子の名前は、オロール・デュパン。「夜明けに指す光」の意味をもつ「オロール」という名前は、父親モーリスの母親マリ＝オロールからとられた。モーリスは言った。「この子どもをオロールと名づけよう、僕の哀れな母親と同じ名前だ。今はここにいないお母さんだけれど、いつか、この子を祝福する日がやってくるだろう」。お産に立ち会ったリュシー叔母さんは「オロールは、音楽とバラ色の中で生まれたのよ。幸せになるわ」と、その誕生を喜んだ。

実際にふたりのオロールが顔を合わせたのは、それから約8〜9カ月後にすぎなかった。そもそも、溺愛する息子が庶民の娘と結婚することに、母親は涙を流して反対していた。結婚後、さらには孫の誕生後にさえも、ふたり

サンド生誕地に建つアパルトマンに付けられたプレート。「1804年7月1日、オロール・デュパン、文学者、劇作家のジョルジュ・サンドがこの地で生誕した」

を別れさせる手立てはないかと弁護士にかけあったほど。

マリ＝オロールは、ルソー*やヴォルテール*などの18世紀の偉大な哲学者を信奉し、進歩的な思想にすっかり感化されていた。2度目の夫であるド・フランクイユ氏は、そういった哲学者達と実際に交流をもってもいた。マリ＝オロールはなんとルソー本人を自宅でもてなしたこともあったし、子育てのお手本はルソーの『エミール』だったという。

それでも、現実に愛息が身分の低い女性と結婚するとなると、それには強烈な抵抗を覚えた。「世間の偏見から息子を守りたい」という親心が働いたのかもしれない。

一家の歴史をひもとけば、マリ＝オロールの母親についても、女優だったという説もあれば、高級売春婦だったという説もある。修道院で育てられた箱入り娘だったとはいえ、母親の出自のことで肩身の狭い思いをしたこともあったに違いない。

そんなマリ＝オロールをなんとか説得しようと、モーリスは考えをめぐらす。そして、マリ＝オロールの住むアパルトマンの門番に頼んで、愛するふたりのオロールを引き合わせる機会を作ることに成功した。

門番の女性はモーリスの頼みを快く引き受けると、オロールを腕に抱き、マリ＝オロールの部屋を訪ねていった。

「見てくださいよ、マダム！　私は、この素晴らしい女の子のおばあちゃんになったんですよ。今朝、乳母がここに連れてきましてね。私は幸せで幸せで、もうかたときもそばを

*ジャン＝ジャック・ルソー
1712－1778　フランスの哲学者。主な著書に『人間不平等起源論』『エミール　または教育について』『社会契約論』など。

*ヴォルテール
1694－1778　啓蒙主義を代表するフランスの哲学者。主な著書に『カンディード』『寛容論』など。

離れられないんです」

そして、その女の子をマリ＝オロールにあずけた。と、モーリスの思惑通り、赤ん坊を腕に抱いてその瞳を見たとたん、マリ＝オロールはすぐに事情を理解した。……それほどまでに、オロールはモーリスに似ていたのだ。

その邂逅をきっかけに、マリ＝オロールのかたくなな心は溶けていく。そして、その命が絶える瞬間まで、オロールの成長を愛情深く見守り、導いた。かつて結婚に激しく反対した母に、モーリスは「愛はすべてを純化する」と手紙を書いたものだった……。

後にサンドは「もし私の祖母が、これほどの愛をもって私の面倒を見てくれていなかったら、人生が思い通りにいかないときに私を慰めてくれた思想や知識を得ることはなかったかもしれません」と綴っている。また、家族の反対をはねのけて、お針子だった母と正式に結婚した父親にも感謝している。父親は、愛を信じる勇気ある共和主義者だった。

空気のように自然に教養をまとっている祖母と対照的だったのが、オロールの母親ソフィー＝ヴィクトワール。教育を受ける機会のないまま成人したソフィー＝ヴィクトワールは、時に、身分が高く学識あふれる人の前で気後れするようなこともあったという。その反面、自分の中に

サンドの祖母　マリ＝オロール・ド・サクス

流れる庶民の血を誇りに思っていることも事実だった。「庶民の体に流れる血は赤く、血管は太い」という母親の持論を、サンドはこう肯定している。「実際のところ、精神と肉体のエネルギーが、卓越したものを構築するのです。労働すること、苦労をいとわない習慣をなくしてしまった人達においては、そのエネルギーがすり減ってしまうことは否めません」

ソフィー＝ヴィクトワールは、朝日と共に起きだし、深夜の1時に床につくまで休みなく体を動かし続ける、自他共に認める働き者だった。

また、当時の貴族は乳母を雇うことが慣例だった中、ソフィー＝ヴィクトワールはオロールを母乳で育てたという（一世代前、マリ＝オロールはルソーの考えに影響されて母乳育児を実行していたけれど、ソフィー＝ヴィクトワールの場合は「ルソーの本は読んだことはおろか、おそらくルソーについて聞いたこともなかった」）。

父親のモーリスは、1805年の秋には軍人として戦地へ。ナポレオンが快進撃を続けている時代のことで、モーリスは、度重なる遠征のために家を空けることが多かった。その間、ソフィー＝ヴィクトワールはラ・フォンテーヌ*の『寓話』を読んでやったり、童謡を歌ってやったり、毎日の家事をこなしながらもオロールにありったけの愛情を注いだ。

モーリスは、戦いの合間にパリに戻ると、なによりも家族との時間を大事にした。食卓ではナプキンで鳥やうさぎを作ってはオロールを喜ばせ、往来では恥じらいもなくオロール

*ジャン・ド・ラ・フォンテーヌ 1621-1695 フランスの詩人。イソップ童話をもとにした『寓話』で有名。

を胸に抱いて歩いた。男性の子育てが珍しかった時代のこと、まして立派な軍服姿で子どもをかわいがるモーリスは特異な存在だったという。オロールは、両親の愛情を糧にすくすくと成長していった。

　オロールにとって生まれてはじめての長距離旅行は、1808年のこと。遠征先の父親を訪ねるためのスペイン旅行だった。ソフィー＝ヴィクトワールは、当時妊娠していた。それにもかかわらずこの旅を決行したのは、愛する夫の浮気を心配してのことだったという。幼い子どもを連れた妊婦が、パリからマドリッドまで馬車で旅をする……。平時でも、その行程には1カ月もの時間がかかった。

　この経緯からは、ソフィー＝ヴィクトワールのいささか向こう見ずな性格、そして、夫への燃えるような情熱が感じられる。モーリスとの出会いの場が戦場であったことも、その背景にあったのかもしれない。ふたりが出会った当時、モーリスは若き将校であり、ソフィー＝ヴィクトワールはモーリスの上官の愛人だった。馬車に積まれた荷物の中には、華やかなドレスも入っていた。

　スペインへ向かう道中、美しい雲や太陽、透き通った水などを見るにつけて、ソフィー＝ヴィクトワールは「まあ、きれい。見てみなさい」と、幼いオロールに呼びかけた。花をつけたヒルガオを見つけると「香りをかいでみなさい。上等のハチミツみたいなこの香りを忘れないようにね」と、その優しい声でうながした。子どもは、そうと教えてくれる人がいてはじめて、世界の美しさや香りに気がつく。

この旅は、しかし、次第に苦行に似たものになってしまった。戦禍のさなかを行く馬車の旅は、幼い子どもと妊婦にとって、あまりにも過酷だった。過度の苦しみのためだろうか、サンドは、到着する前の何日かのことはすっかり忘れてしまったという。

ようやくマドリッドにたどりついてモーリスに迎えられた母娘。そこには、まるで宮殿のような素晴らしい邸宅が待っていた。ほどなくしてソフィー＝ヴィクトワールは無事に男の子を出産したけれど、そこから先は、一家にとって試練の連続だった。

ノアンでの幼少期から結婚

この世に生を受けたオロールの弟オーギュストは、目が見えなかった。

そして、乳児を連れてのマドリッドからの帰路は、往路にもまして厳しい道のりだった。戦争の被害にあった村を、馬車はのろのろと進む。サンドが覚えていることと言えば、のどの渇き、灼熱、そして高熱にあえいだこと。食べるものといえば、生の玉ねぎ、ライム、そしてひまわりの種だけということも。

オロールは疥癬にかかり、それは生まれたばかりの弟、そしてソフィー＝ヴィクトワールをも襲うことになる。

まだ3カ月にも満たないオーギュストにとって、その旅は厳しすぎるものだった。この哀れな男の子は、ソフィー＝ヴィクトワールの膝の上で長い間苦しみにうめいた後に、その短すぎる命を終える。

一家の受難はさらに続いた。皆にとって太陽のような存在だったモーリスが、30歳の若さで事故死してしまったのだ。死因は、落馬による首の骨の損傷。オーギュストが亡くなってからたった8日後の惨事に、城館は悲しみにくれた。馬術に長けたモーリスを振り落としたその荒馬は、皮肉にも、戦地での活躍を認められて与えられた報酬だった。まだ「死」の概念が分からないオロールは、「パパは、今日もまだ死んでいるの？」と悲しみに打ちひしがれるソフィー＝ヴィクトワールに話しかけたという。

それから2～3年の間、ソフィー＝ヴィクトワールとオロールはノアンの城館で過ごした。祖母は亡き息子の形見となったオロールを自らの手で教育することを切望して養育権を求めたけれど、ソフィー＝ヴィクトワールはすぐには首を縦には振らなかった。

ソフィー＝ヴィクトワールは、生まれ育ったパリを心から愛していた。さらに、彼女にはモーリスと出会う前に他の男性との間にできたキャロリ

オロール・デュパン　7歳の頃

ーヌという娘がおり、パリの寄宿舎で母親の帰りを心待ちにしていた。それでも、ソフィー＝ヴィクトワールは愛する夫の忘れ形見であるオロールを残してパリに帰る気には到底なれない。

オロールの養育権をめぐっての争いは、嫁姑間だけではなく、城に仕える家庭教師や使用人までも巻き込むことになった。そして、まだ幼いオロールも、その確執を敏感に感じ取り苦しんだ。不幸にも、オロールの無邪気な幼少時代は、父親の死と同時に消えてしまった。パパは、今日も、明日も、ずっと、死んだままだった。

モーリスの死は、一方で、嫁と姑の距離を縮めるものでもあった。それぞれ夫と息子を亡くした喪失感に打ちひしがれていたこのふたりの女性は、一生消えることがないほどの深い悲しみを分かち合った。性格や育ちの違いは埋めようもなく、このふたりの女性の間に真の愛情が育つことはついになかった。まるで故人を奪い合うかのように、モーリスによく似ていたオロールの愛情を奪い合い、遠慮のない言葉で相手を非難して傷つけ合うことも多かったという。ただ、その奇妙な共同生活の中には、幸せと呼んでもいいかもしれない瞬間があったことも事実だった。マリ＝オロールは、期せずして、息子が愛した女性をつぶさに観察する機会を得たのだ。

サンドは、大好きだった母親は「すべての芸術や職業に天分を発揮した」と書いている。文法を習ったことがないソフィー＝ヴィクトワールは綴りを間違えることもあったけれど、注意深く本を読むことによって独学で文法を学び、素朴ながらも美しい文章を書くようになった。音符は読めなかったものの、その声は軽く爽やかで、モーツァルトを歌い上げるようなマリ＝オロールもその心地よい歌声にはうっとりと耳を傾けた。刺繍や縫物をさせると、少しおおざっぱとはいえ、とにかく仕事が早い。マリ＝オロールのドレスにも、たった数日で上から下まで刺繍をほどこしてしまったし、家族の服や帽子までも自分で作ってしまった。奇怪なことには、調子の狂ったクラヴサン*の調律までやってのけた。それに加えて、洗濯、アイロンがけ、シーツの繕いなどはどんなプロにも負けない手際のよさで、ひとりで10人分の仕事量をこなすという具合。マリ＝オロールは、そんな彼女を「妖精」と呼ぶようにまで親しみを覚えるようになった。

ただ、その働き者の妖精は、パリに残してきたキャロリーヌを忘れるわけにはいかなかった。キャロリーヌをノアンに引き取りたいという希望もマリ＝オロールに拒否され、ソフィー＝ヴィクトワールは、とうとうパリに帰ることを決断。同時に、オロールの養育権をマリ＝オロールに託すことを承諾した。このとき、マリ＝オロールがモーリスの残した借金を肩代わりすることや、先々の生活費が定期的に支払われることが決められた。貧しい少女時代を送ったソフィー＝ヴィクトワールは、決して娘達に同じ苦労はさせたくなかった。それに、オロールがその身分にふさわしい教育を受けるためには、ノアンに祖母と残るのが最善の策であることは、誰の目から見ても明らかだった。

*クラヴサン
ピアノが普及する以前に広く使われていた鍵盤楽器。イタリア語ではチェンバロ。

しかし、小さな子どもにとって、もろもろの大人の事情は意味をなさない。父を早くに亡くしたことも手伝ってか、オロールは、全身全霊で母親を愛していた。そんな母親と離れて暮らすことは、オロールにとってあまりにも酷だった。どんなに愛情にあふれているとはいえ、祖母は、母親の代わりにはなり得ない。

オロールは、ソフィー＝ヴィクトワールに必死で訴えた。「貧乏暮らしだってかまわないから、一緒にいましょうよ。もう、私達は離れることはないの。働けばいいわ。屋根裏部屋で豆をかじることになったっていい。私達は一緒にいれば幸せだし、貧乏暮らしが愛を妨げるわけじゃないでしょう」

一時はそんなオロールにほだされたソフィー＝ヴィクトワールだったけれど、結局は荷物をまとめて、後ろ髪をひかれながらも住み慣れたパリに帰っていく。

モーリスという故人によって生まれたいささか奇妙な共同生活は、こうやって終わりを告げた。

母親が乗った馬車がたてる物音がすっかり聞こえなくなったとき、オロールは耐え切れずに絶望の叫びをあげたという。幼くして父親を失っただけではなく、弱冠5歳にして最愛の母親に去られてしまったオロール。将来輝かしい芸術家になるこの女の子は、平凡な幸せとは縁遠い少女時代を送ることになった。

オロールが話し始めたのは、他の子どもよりも遅かった。でも、ひとたび単語を発するようになると、その語彙はどんどん増えていった。ノアンで暮らすようになった4歳の頃にはすでにしっかりと読むことができていたという。ソフィー＝ヴィクトワールが読み聞かせたドーノワ夫人*の『青い鳥』やペロー*の『親指小僧』などの童話は、幼くして両親の不在や家庭内のもめごとに苦しんだオロールの心を大いになぐさめたに違いない。子ども用に書かれたギリシア神話もお気に入りだったという。

また、亡き父の家庭教師でもあったデシャルトルが、普通の家庭教師の領域をはるかに超える情熱でオロールの教育にあたった。将来オロールが城主として立派にやっていけるようにと、文法、ラテン語、ギリシア語、歴史、地理、数学、植物学のみならず、薬学や医学、さらには土地の管理についても教え込んだ。

また、丈夫な体作りを奨励するデシャルトルの教育方針から、オロールは農家の子ども達と一緒に野原を走り回り、狩りにいそしんだ。スモックを着て、帽子をかぶり、鉄砲を肩にかけて出かけるオロール……。カトリック教の影響が強い地方のことで、女性が男性の服を着ることはタブーであるばかりか「大罪」とみなされかねない。そんな中、人目をものともしないオロールの行動はかなり突飛なものだった。

ソフィー＝ヴィクトワールがノアンを出て行った翌年の1810年。祖母に連れられた

*マリー＝カトリーヌ・ドーノワ　1651－1705　フランスの作家。代表作に『白いねこ』などがある。

*シャルル・ペロー　1628－1703　フランスの詩人。散文による「赤ずきん」「長靴をはいた猫」などを収めた『ペロー童話集』が有名。

オロールはパリへ向かった。そして、祖母と一緒に暮らすアパルトマンに毎日訪ねてきた母親にまとわりつき、その間だけ笑顔を見せた。そんな態度は、厳しいながらも常に変わらない愛情をもって日々オロールに接している祖母をひどく悲しませた。誇り高く威厳のある祖母は、その胸のうちで「いつになったら、この子は自分になついてくれるのか……」と途方にくれていた。

そんな事情もあり、祖母はオロールとパリに行くことに徐々にためらいを覚えるようになった。また、パリでの新生活に忙しいソフィー＝ヴィクトワールも、ノアンからは徐々に足が遠のいていく。「母親と一緒に暮らす」という、普通の子どもが当たり前に生きている「現実」は、オロールにとっては手の届かない「夢」だった。

ノアンでのオロールは、母親に対してのやりきれない想いを紛らわせるかのように、ますます読書にのめり込んでいった。11歳の頃には、ホメロス*の『イーリアス』やイタリア詩人タッソ*の『エルサレム解放』といった叙事詩に没頭するように。あまりに夢中になり、最後のページがやってくるとすっかり悲しくなり落ち込むほどだったという。そこで考えたのが、自分好みにストーリーを組み立てなおしてしまうこと。「登場人物は私の登場人物となりました。私は、好きなように彼らの言動を変えて、彼らの冒険の続きを変えてしまったのです」

12歳頃になると、オロールは毎日の散歩中に目にする風景や、月が輝く夏の夜について

*ホメロス
紀元前8世紀頃の古代ギリシャの吟遊詩人といわれる。

*トルクァート・タッソ
1544－1595　イタリアの詩人。牧歌劇『アミンタ』なども執筆。

の文章を書くようになった。オロール自身は自分の書くものに特別思い入れはなかったようだけれど、祖母はその文才に賛辞を惜しまなかった。

この時期、オロールは自分だけの神さま「コランベ」を頭の中で創りあげた。それまでにふれてきたキリスト教や神話の中に、心から信奉できる神さまを見出せなかったオロールは、自分が理想とする神さまを創ることにしたのだった。まるで、作家が小説を創るような具合に……。その想像上の神さまは、時に女性の姿をしていた。サンドは書いている。「時々、その神さまに女性の洋服を着せてあげなくてはいけませんでした。なぜなら、私がそれまでに最も愛して、最もよく知っていたのは女性、つまり母親だったのですから」。オロールは、母親が恋しくてしかたがなくなると、頭の中でコランベとの会話を果てしなく続けた。

孤独のうちに読書に夢中になるのと同じくらい、オロールは友人達とのつきあいにも熱心だった。森や小川、野原で駆け回っている限り、病気になることもなかった。孫を思慮深くエレガントな女性に育てたいと願っていた祖母も、オロールの健康のためには戸外にいることが必要だと理解してからは、その習慣を受け入れるようになった。

オロールは、どこに行けばどんな花や草が生えているか、昆虫がいるか、美味しいキノコが見つけられるか、近隣の土地のことだったらなんだって知っていた。お昼には、野原でガレット、フロマージュ（チーズ）、パンをほおばった。自生しているリンゴやナシの木があれば、実をもいでかじった。羊やヤギはもちろん、ロバや牛の乳しぼりだってできたし、火を起こして、野鳥やジャガイモを調理することまでもやってのけた。狩りの腕も上達した。

そんな風に、一見、心身共に健全に成長しているオロールだったけれど、その心の中ではますます母親への思慕が募り、やり場のない気持ちをもて余していた。母親と一緒に暮らすことを夢想しだすと、勉強もなにも手につかなくなった。

そんな状況を見かねた祖母は、あるとき、ソフィー＝ヴィクトワールの過去をオロールに詳細に語った。それは、本来は、子どもには聞かせない類の話だったという。

母親への執着を捨てさせて落ち着いた生活をさせるためのこの試みは、しかし、いたずらにオロールの心を傷つけることにしかならなかった。「それは、私にとって悪夢のようでした。私の喉は締めつけられ、祖母の発したひとことひとことが私を殺したのです。額に汗が流れるのを感じました」

純粋で自然な気持ちで母親を慕っていたオロールにとって、祖母から聞かされた一連の話は聞くに耐え難いものだった。それ以降、「私はどんな計画もしなくなったし、温かい夢も抱かなくなってしまいました。小説や瞑想もおしまい。コランベはなにも言ってくれませんでした。私は、まるで機械のように生きているだけだったのです」

そんな中、祖母は、パリにあるレ・ダム・ゾーギュスティーヌ・ザングレーズ修道院付属の寮制の学校にオロールをやることに決めた。このイギリスのカトリック系修道院では、シスター達は英語とフランス語を話した。

同時代に書かれた小説、フロベールの『ボヴァリー夫人』やモーパッサン*の『女の一生』などにも見られるように、当時、良家の娘が少女時代を修道院で過ごすことはよくあることだった。祖母自身も、若き日々に修道院で学んで深い教養を身につけたという過去をもっていた。

ノアンの城館での息のつまるような生活に苦しんでいたオロールは、母親ソフィー＝ヴィクトワールの近くで過ごせることにも惹かれ、この新生活を喜んで受け入れた。「修道院がどんなところか知らないけど、なにか新しいことがあるには違いない。どの道、今の暮らしは全然楽しくないんだから、変化はいいことに違いないわ」。14歳だった。

修道院での1年目、それまでのたまりにたまった寂しさや不安を紛らわせるかのように、オロールはいたずらの限りを尽くした。厳しいシスターからは、すぐさま「注意力散漫」のレッテルを貼られた。夢に見たように、母親が迎えにくることもなかった。

だからといって、その心はノアンでのように陰鬱ではなかった。サンドは後に書いている。「私はほとんど笑いませんでした。でも、皆の笑い声は私の耳と心に心地よく響いたのです」。人の喜びを自らの喜びとして感じる心をもっていたオロールは、同じ年頃の少

*ギ・ド・モーパッサン
1850－1893 フランスの自然主義作家。主な著書に『女の一生』『ベラミ』など。

女達の陽気さに助けられて、徐々に明るさを取り戻していった。

寮での規則正しい生活の中で、オロールの精神は大きく変化を遂げていった。そのうちに「どこか理想的なところがある」シスターのマリ＝アリシアにも出会い、院内で一種の母娘関係を結んだ。美しく、かしこく、なによりも愛情にあふれんばかりのマリ＝アリシアは、修道院に暮らす多くの少女にとって理想の母親像を体現する女性だった。

少しずつ、でも、確実に神への思いは次第に募っていく。

そんなある夏の夜のこと、オロールは静かな教会の中で神の存在を感じる機会を得た。光に包まれているような感覚の中、探し求めていた信仰に出合えた喜びで、その頬を涙がぬらしたという。ひどく暑い日のことで、放たれた窓から、教会内にスイカズラやジャスミンの香りが入り込んだ。「目の前に、広大で、無限の道が開けるのが見えました。そして、私はそこに身を投じたいと熱望したのです」

それまで告解とは縁遠かったサンドは、このでき事をきっかけに、修道院のプレモール神父に会いに行った。そして、この「正直で、繊細で温かい心」の持ち主に、それまでの彼女の人生について、教会で感じた光について、包み隠さずに3時間ほど話し続けた。その間、プレモール神父は、まるで父親のようにオロールの話に注意深く耳を傾けたという。時には涙をぬぐいながら。父親を早くになくし、母親とも離れ、ずっと心のよりどころを探し求めてもがいていたオロールにとって、そんな温かい態度がどんなに嬉しく、慰めになったことか……。

いたずら好きの問題児から、おとなしく聞き分けがよい優等生へと変化したオロールは、神父だけではなくシスター達とも友好を深めていった。すぐにでも宗教の道に入りたいという気持ちは日々高まり、敬愛するシスターにもその気持ちを告白した。まだ10代半ばのオロールからその願いを聞いたシスターは、その情熱を受け止めつつも、あせる必要はないことを優しく諭した。「その考えがあなたにとって心地よいなら、それを育ててあげなさい。でも、あまり深刻にとらえてはいけませんよ。（中略）あなたは、まだあなた自身のことさえも知らないのですから」

自らをすっかり生まれ変わったように感じていたオロールにとって、シスターからのそんな言葉は耳障りのいいものではなかった。でも、オロールを愛情深く見守っていたこのシスターの助言は、決して間違いではなかったのだと思う。宗教の世界にその身を投じるには、オロールは若すぎた。それに、もしオロールが修道女になっていたとしたら、後に作家ジョルジュ・サンドが生まれることもなかったのだから……。

若きオロールは、それでも、周囲が心配するほど宗教に打ち込むようになった。なにかを好きになると、限界を忘れてそれにすっかり夢中になるのがオロールという女の子だった。

寝食や子どもらしい遊びを忘れて祈りに身を捧げるうちに、オロールからは次第に10代の若者がもつエネルギーが消えていった。精神ばかりがとぎすまされ、体は衰弱し、胃痙攣を起こすまでになってしまった。そんな様子を見たプレモール神父は、シスター達から事情を聴いた。そして、オロールに「年にふさわしい単純素朴な遊びや気晴らしに戻ること」を課し、度を越した信心は神の意に反することを説いた。そして「イエス・キリストは、弟子達の手が清潔で、髪からはいい香りがすることを望んでいたことを思い出しなさい」と言いふくめた。

神父の教えに従ったオロールは、たちまち心身の健康を取り戻した。そして、その芸術的素養をいかんなく発揮し始めた。老年にノアンの城館でマリオネット*や演劇の演出に熱を入れることになったオロールは、この修道院で、皆の先頭に立ってモリエール*の『気で病む男』を上演した。イギリス系のこの修道院で、英語のみならずイタリア語も学んだ。パリにいる間に、ダンスも覚えた。

家族のしがらみから遠く離れて寮で暮らしたこの2年余りは、オロールにとって「最も静かで、最も幸せ」な年月として記憶に刻まれることになる。重々しく息苦しい少女時代を過ごしたオロールだったけれど、「修道院という穏やかで広大な監獄の中では、空気のように自由」だった。

そんなオロールを、祖母はノアンに連れ帰ることに決める。祖母には、16歳の落ち着いた女性へと変化を遂げたオロールを早く結婚させたいという目的があった。健康を害しつ

*マリオネット
操り人形劇

*モリエール
1622-1673 フランスの俳優、劇作家。『ドン・ジュアン』など、フランス古典を代表する多くの戯曲を発表。

つあったことも手伝い、自らが亡くなった後にオロールを安心して任せられる男性を見つけておきたかったのだ。また、パリにいる間にオロールが予想以上に信仰深くなっていったことも気がかりだった。

1820年春。オロールはブルーの大きな幌付きの馬車に乗ってノアンへ帰った。約2年ぶりに城館で目を覚ましたオロールの耳には、つばめの鳴き声や、この地方の「純朴で静かな詩情」を象徴するような農民達の歌声が心地よく響いた。ひさびさの朝寝坊。ピンクのワンピース。花が咲き誇る庭に、城主の帰りを喜ぶ使用人や近隣の農家の人びと、そしてかわいがっている犬達。野原を駆け回ったり、川を眺めたりする喜び……。

しかし、若いオロールは次第にそんな自由をもて余すようになっていく。後に「まるでホームシックになるように、私は修道院が恋しくなった」と書いたサンド。修道院での規則正しい生活や、きょうだい愛に満ちた日々を思い起こすたび、城館での何不自由ない暮らしがどこか物足りなくなってきた。

そんな中、オロールは祖母のマリ＝オロールを再発見していく。しつけにめっぽう厳しくて、どこにも隙がなく、威厳ある祖母。そんな祖母を、成長したオロールはひとりの女性として理解しようと努めるようになった。そして、祖

ノアン館正面（1875年）
中央にはサンドの息子モーリスとその娘達が写っている。

母の情け深さや、その愛ゆえに祖母が抱える弱さを知り、愕然とする……。修道院での暮らしの中で反抗期をくぐりぬけたオロールが直面したのは、心身が弱ってきた祖母の看護だった。時に、オロールはまるで母親のように祖母の面倒を見ることになる。

10代にして、人が中年になってから対峙するさまざまな感情や状況にふれることを余儀なくされたオロール。父親を幼くして亡くしてからというもの、いつだって背伸びをしながら生きていたオロールは、この時期もやはり無理をした。そして、時には自殺願望さえ抱きながらも、与えられた運命を受け入れて立ち向かった。

オロールの朝は、愛馬のコレットに乗って8〜10里（32〜40km）も自然の中を散策することから始まった。乗馬の手ほどきをしたのは、父がソフィー＝ヴィクトワールに出会う前に女中に産ませた腹違いの兄、イポリット。女性が馬に乗ること自体が特別な中、家柄の確かなオロールのような若い女性が乗馬服を着て馬を走らせる様子は、近隣の人びとの目に奇異に映った。でも、オロールにとっては、人の目よりも、コレットと一体になって平原を疾走する快楽のほうがよっぽど大事だったに違いない。それに、男の子と同じ恰好をして自然とたわむれるのは、少女時代からの習慣でもあった。

城館に戻ると、病床の祖母の枕元で本や新聞を読み聞かせ、音楽を奏で、夜中にはブラックコーヒー、時にはブランデー（！）を飲みながら、住み込みの家庭教師デシャルトルや使用人のジュリーと交代で病人を見守った。友人には単調な暮らしを嘆く手紙を送ったオロールだったけれど、同時に、特別だったこの時期のことを温かい気持ちで思い起こしている。「子ども時代の暗闇から抜け出た私は、ようやく祖母の精神から影響を受けると同時に、その知的な恩恵にふれることができました」。この時期、それまでは義務であった勉強が、とたんに強力な魅力をもつようにもなった。修道院で神への祈りに夢中になったように、オロールは読書にのめり込んでいく……。

祖母の書庫から、モンテスキュー、パスカル、モンテーニュ、ダンテ、シェークスピア、ライプニッツなどの本を出してきては、手当たり次第に読み漁る日々。その頃、友人に宛てた手紙には、「書物との会話にまさる会話はありません」と書かれている。祖母の具合がいくらかいいときは、一緒に本を読むこともあったという。

この頃、特にオロールが感銘を受けたのは、シャトーブリアン*の『キリスト教精髄《せいずい》』だった。フランス革命で力を失ったキリスト教に、シャトーブリアンはロマン主義的な視点から新しい息吹を吹き込んだ。オロールは、「キリスト教こそ最も詩的・人間的で、自由ならびに芸術・文芸に最適」とするこの作家の手による美しい描写に陶酔した。また、祖母が信奉していたルソーの思想にも深く影響を受けた。「(ルソーの言葉を)私はモーツァルト(の音楽)と比べました。私はすべてを理解したのです! 不器用で頑固な小娘にとって、とうとう目をしっかり開いて、雲のない景色を目にした喜びはいかほどのものだったか!」

*フランソワ=ルネ・ド・シャトーブリアン　1768-1848　フランスの政治家、作家。主な著書に『アタラ』『ルネ』『パリからエルサレムへ』など。

祖母を看病する中で、オロールは過去のことを振り返る。そして、「なぜもっと早く祖母の母性愛や繊細な心に気がつかなかったのか」と、未熟だった自分のことを責める。祖母がソフィー＝ヴィクトワールに吐いた暴言のひとつひとつも、オロールを愛するがゆえに生まれた嫉妬が一因だったということが、その時のオロールにはまざまざと分かった。

縁談は、祖母が思うようにうまくは進まなかった。ソフィー＝ヴィクトワールの身分が問題になったこともあれば、年の差が障害になることもあり、オロールの気持ちは動かないまま時間は過ぎていった。結婚後はオロールと母親が絶縁するという条件を突きつけてきた裕福な軍人もいたが、オロールが母へ抱いているゆるぎない愛情を知る祖母はその申し出も断った。

祖母マリ＝オロールがオロールに残した最後の言葉は「おまえは親友を亡くすことになるね」というものだった。棺に入った祖母の美しい顔は、17歳だったオロールの目に「気高く、穏やか」に映る。病気にかかっても、年をとっても、祖母は身だしなみに手を抜くことはなかった。亡くなったその日も、その顔は生き生きとして美しく、頭にはレースの帽子をかぶっていたという。

世代を隔てたふたりのオロールは、最後には、どんな親子にも負けないほどの固い絆で結ばれた。オロールは、時間切れになる前にすべてを理解した。そして、マリ＝オロールもそのことを知っていたのだと思う。

マリ＝オロールにとって一番の気がかりだったのは、孫の将来だった。そして、「親友」同然のような存在になっていた祖母亡きあとのオロールは、実際になんとも心細い日々を送ることになってしまう。

ノアンにやってきた母のソフィー＝ヴィクトワールは、深い悲しみに沈んでいるオロールの前で、故人への恨みつらみを吐き出した。祖母が遺言でオロールの後見人として指定していたのは従兄のルネだったけれど、その遺言に憤慨したソフィー＝ヴィクトワールは有無を言わさずにオロールをパリに連れていく。

とうとうオロールの夢は叶い、パリで母親と一緒に暮らすことになった。でも、その暮らしは、はじめからどうも雲行きが怪しいものだった。ノアンから持って行くのが許されたのは数冊の本だけ。単調ながらも心休まる生活を後にして、オロールは重苦しい気持ちでノアンを離れた。自然の中で体を動かすこと、読書や音楽に没頭する生活はここでいったん終わりを告げる。

パリに着いたソフィー＝ヴィクトワールは、まるでなにかにとりつかれたかのように、娘が好きなものや人、犬までをもアパルトマンから追い払ってしまった。オロールは修道院へ戻ることを希望したけれど、それも許すことはなかった。どこか病的になってしまった母は、オロールがいつか神格化していた理想の女性とはまったくの別人だった。

一方、「立派な教育」を受け、落ち着きのある若い女性に成長したオロールは、母親の目に脅威に映った。母親を求めて泣きじゃくった少女もまた、そこにはもういなかった。

フロベールの『ボヴァリー夫人』の冒頭にも、修道院で教育を受けた若い女性に対して嫉妬心を抱く医師の妻が出てくるけれど、ソフィー＝ヴィクトワールは、いつしか娘を相手にコンプレックスを抱くようになっていた。娘に教養という武器を与えた祖母や家庭教師のデシャルトルは、無邪気で愛らしかった娘を変えてしまった憎むべき存在に映った。

ソフィー＝ヴィクトワールは、人知れず、上流社会が民衆に対して抱いている偏見とずっと闘っていた。最愛の夫であり、身分の差を乗り越える盾の役目も果たしていたモーリスがいる頃は、「僕がそうしているように、君も彼らのことなんて気にしなければいい」という言葉と、揺らぎのない愛情に支えられていた。でも、もともとの心の繊細さも手伝って、夫の亡き後は親類からの心ない言動に傷つけられることが多かったようだ。「私は考えさせられて、驚き、自問して、とうとう自分のことを恥じ、憎むようになったわ。そして、世間の偽善的な人を侮辱し、力の限り嫌うようになったのよ」。ソフィー＝ヴィクトワールは、切々と娘に訴えた。

サンドは後にこう振り返っている。「母はそれでも私のことを愛していました。少なくとも、私の中にある父の思い出や私の幼少期のことは。でも、彼女は私の中にある祖母やデシャルトルの思い出は憎んでいたのです」

気持ちが高ぶると、ソフィー＝ヴィクトワールは娘のことを「陰険」「退廃している」などとののしり、その愛読書さえ取り上げようとした。働き者で優しかった母は、いつしか感情の起伏の激しい嫉妬深い女性となりオロールを苦しめた。

それは、オロールが幼い頃に夢見た共同生活とはあまりにもかけ離れていた。出口が見えない母親とのやりとりに疲れ、オロールの生きる気力は毎日少しずつそがれていった。

結局、母とふたりでの暮らしが続いたのはたったの3カ月ほど。春になると、母親に連れられたオロールは、亡き父の戦友だったレティエ・デュ・プレシ氏が家族と暮らす、パリの南東にある田舎の家を訪れる。はじめは1週間の滞在予定だったここでの暮らしは、約5カ月続いた。そして、オロールはここで未来の夫との出会いを果たすことになる。

オロールが出会った青年の名前は、カジミール・デュドヴァン。「すらりとして、とてもエレガント、明るい顔に、どこか軍人のような印象」を与える好青年だった。ひとめぼれではなかったけれど、お互い名のある祖先をもち、レティエ家と親しいことも手伝って、若いふたりは徐々に惹かれあっていく。はじめは冗談のように「未来の妻よ」とオロールに呼びかけていたカジミールは、ほどなく真剣にプロポーズを。若いオロールも、それをすんなりと受け入れた。

結婚の話を聞いたソフィー＝ヴィクトワールは、カジミールに会うためにパリからやってきたものの、時にはカジミールの容姿を理由に、時にはその過去を理由に結婚の許可をしぶった。娘を監視下に置けなくなるのが面白くなかったのか、奇怪な行動に出てはオロールやまわりの人間を翻弄する。

カジミールの母親からの説得もあり、数カ月後にはふたりの結婚をいったん承諾したにもかかわらず、その後も、ソフィー＝ヴィクトワールは度々意見をひるがえす。急に陽気になったかと思うと怒り出し、優しさを見せるかと思うと冷たくなる母親に、オロールはほとほと困り果てた。

それでも、オロールが祖母から受け継いだ財産の管理についてカジミールに数々の条件を突きつけたうえで、ソフィー＝ヴィクトワールは最終的には結婚を認めた。

その年の秋、ふたりはパリで結婚式を挙げる。出会ってからわずか半年足らず……。恋愛結婚など珍しい時代に、このふたりは自らの意志でパートナーを選び取った。ソフィー＝ヴィクトワールの同意を得るのに手こずることがなければ、結婚のタイミングはもっと早まっていたことだろう。

この結婚の行方を知っているからだろうか、18歳だったオロールは、まるで母親から逃げるために結婚を急いだようにも思える。それは、14歳でパリの修道院行きに賛成したときの成り行きにどこか似ていた。とにかく、オロールには、新しい環境が必要だった。

若い女性が一人暮らしをするという選択肢など考えられなかった時代、結婚は、若い女性が暮らしを変えるためのほぼ唯一の手段だったのかもしれない。

パリでの文壇デビューまで

新婚旅行を終えたオロールとカジミールは、ノアンに居を構える。そしてその冬、オロールは生まれてくる子どもを待ちながら、生まれてはじめての編み物に手を出した。「それがどんなに単純かを知った私は驚いたものです。同時に、すべての物事と同様、そこには発明というものがあって、はさみを扱うにも〝達人〟がいるものだということを理解しました」。ここでももち前の凝り性が頭をもたげ、オロールは情熱をもって編み物や裁縫に取り組んだ。それは、後にサンドが城館でマリオネットを上演することになったときに役立つことになる。

息子のモーリスが生まれたのは1823年6月のこと。サンドはそのときのことを「私の生涯で最も美しい瞬間」と振り返っている。

しかし、そんな幸せな時間は束の間だった。息子の世話に夢中になる一方で、オロールはどこか満たされない思いに襲われるようになっていく。朝食を食べながら、はっきりした理由もなく、急にあふれる涙……。

サンドの息子　モーリス

モーリスが生まれた翌年の春。そんな精神状態を回復しようと、オロールとカジミールはレティエ・デュ・プレシ氏の住む田舎を訪ねたり、パリにアパルトマンを借りたりして、新旧の友人達との楽しい時間を過ごす。

夫も、まわりも、急に快活になったオロールを見て驚いたものの、それは長続きしなかった。「悲しみが再び押し寄せてきました。それは目的もなく、名前もつけられない悲しみでした」

その憂鬱は信仰心の衰えからきているのではないかと考えたオロールは、3年ぶりにプレモール神父にも会いに行った。年老いた神父はオロールを温かく迎え入れるものの、加齢ですっかり衰えたその声はあまりにも弱々しく、聞き取るのが困難なほどだった。

オロールはその後しばらく修道院で過ごしたけれど、心身の健康を完全に取り戻すことのないままにノアンに帰ることになった。その後、健康状態はさらに悪化。なにかから逃げるかのように、デュドヴァン夫妻は南へ出発することに……。しかし、義父のゆかりの地であるガスコーニュ*を訪ねる旅もまた、オロールを助けてはくれなかった。狩りに夢中なカジミールのかたわらで、オロールは頭によぎるさまざまな思索をノートに書きつける。

芸術には一切無関心なカジミールと暮らすことは、その頃のオロールにとって耐え難い悲しみとなっていた。本の話になるとあくびをし、ピアノの音を聞いたら逃げ出すようなカジミールにとって、オロールの絶望がどれほどかを理解するのも難しかったことだろう。

*ガスコーニュ
フランス南西部の古い地方名。現在はオクシタニー、ヌーヴェル＝アキテーヌ地域圏に分かれている。

オロールの満たされない思いは、当時夫に宛てた手紙の中に包み隠さずに綴られている。また、旅の間には、ボルドー地方の旧家の出身であるオレリアン・ド・セーズとの出会いもあった。若き有能な検事であったド・セーズ氏とオロールはすぐに打ち解け、互いの心の内を熱心に語り合った。「容姿ではなく、そのエスプリや会話」にオロールは心を奪われた。

1828年9月。娘のソランジュが誕生。娘が欲しいと望んでいたにもかかわらず、第一子を産んだときのようには喜べなかった。この娘の父親が誰であるかについては研究家の間でも諸説あり、真相は誰にも分からないままだ。オロールが出産した隣の部屋からは、夫が不自然になれなれしい調子で女中と話をしているのが聞こえてきた。

その後、オロールが次第に幼なじみ達との交友を復活させていく一方で、カジミールは酒におぼれていく。オロールと腹違いの兄、イポリットとアルコールを浴びるように飲み、大騒ぎをすることもあった。この頃について、サンドは「病床の祖母のかたわらで仕事をするのに慣れていた私ですが、今は、お世話をする病人ではなく、たわ言を発する病人を抱えているのです」と書いている。

カジミールにとっても、この結婚は失意に満ちたものだった。ごく平凡な男性であるカジミールに、後に作家になるような芸術家気質を備えた女性を理解することはできるはずもなかった。日ごろ抱えているうっぷんを晴らすかのようにカジミールが書いた「遺言書」は、妻に対する不信に満ちていた。偶然にその遺言書を見つけたオロールは、内容を知って激怒。ノアンを離れる決意をする。

激しい口論を経たうえ、オロールは3カ月毎にパリとノアンを行き来する権利を得た。モーリスはノアンに残り、ソランジュは毎年3カ月をパリで共に過ごすことになった。生活費はカジミールが月々送金することになったけれど、そのもともとの出所はというと、オロールが祖母から受け取った遺産。オロールは、結婚をしたために自分の財産を管理する権利を失っていた。当時のこんな法律からは、女性は男性の所有物のように扱われていたことがうかがえる。

1831年1月、「書くという意図をもった」27歳のオロールは、でこぼこ道を馬車でパリへ向かった。馬車の扉がちゃんと閉まらずすきま風のせいで体は凍えたけれど、その心は熱く燃えていた。オロールは、故郷を飛び出すことで新しい自分、本来の自分に出会えることを知っていたのだと思う。

きっとそれは、いつの時代にもどの国でもよくある話なのかもしれない。若い男女が出会い、恋という明るく美しい感情に導かれて瞬く間に結ばれる。まだ、自分のことさえよく分かっていないふたりは、繰り返しの多い日常を共にし、時代や人にもそれぞれ影響を受けながら、自分自身を、そして相手を発見していく。そして、あるとき、愕然とするのだ。「ああ、私（僕）達の性格はなんてかけ離れているんだ！」と。どちらが悪いというわけではない。

結婚を振り返ったサンド自身、「私は、独立を取り戻してからというもの、夫を批判することは一切ありませんでした」と、どこか涼しげに書いている。別居に至るまでは怒りや絶望にとらわれることが多々あったものの、サンドの怒りの矛先は、夫という「個人」に対してではなく、離婚自体を認めない当時の「制度」そのものに変わっていくことになる。

オロールが新生活のために見つけた住み家は、前をセーヌが流れるサン＝ミッシェル河岸だった。屋根裏だったので階段の上り下りは大変だったけれど（特に、太っちょの娘、ソランジュを抱いているときは……）、その部屋は小さいながらも清潔だった。そして、ベランダからは壮大なノートルダム聖堂が見えた。作家を夢見る若者にとって、それはまたとない舞台だったに違いない。「私には、空、水、空気、つばめ、屋上の緑がありました。文明に輝くパリにいるというよりは（中略）、ヴィクトル・ユゴー*の描いたような、絵画的で詩的なパリにいるように感じていました」

田舎では城主として近隣の住民に顔を知られていたオロールも、パリでは無名の若い女性に過ぎなかった。「今日も奥さんが大きな馬に乗って駆けてくよ」「マダム・オロールは、今日も同じ帽子に同じドレスを着てなさる」などというコメントから逃れたオロールは、地方独特の息苦しさから解放されたのだろう。「パリでは、人は私のことをなんとも思っ

＊ヴィクトル・ユゴー
1802－1885　フランス、ロマン主義の詩人、小説家。代表作に『ノートルダム・ド・パリ』、『レ・ミゼラブル』など。

ていないし、私のことを見もしませんでした」と、その自由を享受した。

出費を抑える目的もあって、オロールは男装して街へ繰り出した。聞けば、その母親も、若くてお金に不自由していた頃は、少年のような恰好をして父親とデートをしていたという。子どもの頃から、美しくも窮屈な手袋を嫌い、男の子の格好をして狩りに出かけて祖母を嘆かせていたオロールのこと。当時の上流階級の女性達が身につけていたコルセットや長いスカートはさっさと脱ぎ捨てると、ズボンとチョッキの上に体をすっぽり包み込むようなグレーのコートを着込み、帽子をかぶった。すぐにダメになってしまう華奢な靴は早々に脱ぎ捨てて、頑丈なブーツを手にした。そして、ぼこぼこの石畳や悪天候にも負けずに、パリを闊歩した。

動きやすい服を手に入れたオロールの行動範囲は、カフェやオペラ、キャバレー、さまざまなクラブやサロンなどへと一気に広がった。子どもと一緒にリュクサンブール公園に行くのにも、歩きやすいブーツが活躍した。

男装することによって、女性の立ち入りが禁止されていた法廷などにも堂々と足を運ぶことができたのも、後に偉大な小説家になる彼女にとって貴重な経験となった。

そうやって、自由を手に入れると同時に衣装費を削ることに成功したオロールだったけれど、とぼしい仕送りだけではパリでの暮らしはまわっていかない。女中を雇おうにも、ノアンとは比べ物にならない高額の給料を払う余裕もなかった。そこで、「生活をするため」に、日刊紙の『ル・フィガロ』に寄稿し始めた。ペンで生計をたてようと相談したケラトリ伯爵には、「女性は文章を書くべきではない」「本よりも子どもを作りなさい」などと言われたけれど、そんなアドバイスは一笑に付した。そして、生まれ変わったオロールは、自らが稼いだお金で飲み食いをし、精力的に芝居に出かけるようになった。

さらに、前年の夏に知り合った作家志望の若者ジュール・サンドー*と共に、小説『ローズとブランシュ』をJ・サンドのペンネームで出版。少女時代に一心に神に祈り、祖母の病床で読書に没頭したオロールは、この時期から後は、生涯変わることなく「書くこと」にその情熱を捧げることになる。

そして、翌年には処女作『アンディアナ』を発表。自らの小説を出版するにあたって、オロールはペンネームを考えた。一家の名誉をなにより気にする義理の母、マダム・デュドヴァンは、どこか変わっているオロールが今度は小説を出版するというニュースにまたも驚かされたものの、実名は隠されるという説明に胸をなでおろしたという。

果たして、夫の心無い仕打ちに凜として立ち向かう一女性を描くこの作品は、新聞各紙に大絶賛された。当時の批評家達の大方は、その力強いスタイルは男性作家の手になるものだと決めつける一方で、心理描写にあたっては女性の助けがあったに違いないと意見した。パリの方々のサロンでも、その素晴らしい小説をものしたのは一体どんな人物なのかと広く話題になった。

*ジュール・サンドー
1811-1883　フランスの作家。日本では1961年に、「かもめ岩の冒険」(『世界名作全集』所収)が翻訳された。

ところで、オロールが選んだペンネーム「ジョルジュ・サンド」には、父親の姓「デュパン」、夫の姓「デュドヴァン」、また、祖母から受け継いだ「オロール」の名前の影も形もない。

サンド自身は「〝ジョルジュ〟とは〝(ノアンのある)ベリー地方の人〟を意味している」とさりげなく書いているけれど、「ジョルジュ」が本来は男性の名前であることは見逃せない。本人はそうとはっきり認めてないものの、書いたのが女性だからという理由で、作品が不当な評価を受けるのを避けたかったと考えるのが妥当だと思う。

ところで、ジョルジュの綴りはフランス式の「Georges」ではなく、英国式に最後のsは省かれている。また、この名前の起源には「大地の人」という意味合いがあるうえに、ベリー地方の言葉では、「Georgeon」は「悪魔」を意味している……。また一説には、「Géorgiques」(ジェルジオック)という、「農耕」に関わる単語が意識されているともいう。

家族から受け継いだものでもなく、女でもなく、またフランス人の名前でさえもないこのペンネームには、どこまでも自由で、そしてちょっぴり小悪魔的でもあるサンドのエッセンスがつまっているといえるのではないか。

結婚してから約10年後、オロールは、ジョルジュ・サンドという新しいアイデンティティーを得た。そして、瞬く間に、当時のヨーロッパで最も輝いている人物として注目を浴びる存在になっていく。

第2章

ノアンの食卓

生きることに熱心だったジョルジュ・サンドは、食べることにも真剣だった。その食卓が最も輝いていたのは、ベリー地方（フランス中部、現サントル＝ヴァル・ド・ロワール地方）にあるノアンの城館でのこと。

当時、パリからノアンまでは馬車で約30時間もの時間がかかった。鉄道が開通してからも、ノアンに一番近い町までにすでに8時間、それから馬車で3時間という長い道のり。それでも名だたるゲスト達——音楽家のショパン、リスト、画家のドラクロワ、作家のフロベール、バルザック、デュマ、ツルゲーネフ*、女優マリ・ダグー*、声楽家ポーリーヌ・ヴィアルド*、ナポレオン3世*（ナポレオンの甥）など——が遠路はるばるやってきたのは、そこに魅力的な城主がいたからに他ならない。彼らは、それぞれに心づくしの手土産を持ってノアンにやってきた。はちみつ、ワイン、牡蠣にバナナ……。ツルゲーネフなどは、トナカイの舌をたずさえて参上したと伝えられている。

サンドが長旅を終えたゲスト達にふるまったのは、この地方ならではのシンプルながら

*イワン・ツルゲーネフ
1818-1883　ロシア文学を代表する小説家、劇作家。代表作に『父と子』『初恋』など。

*マリ・ダグー
1805-1876　フランス系ドイツ人の作家。代表作に『1848年革命史』『フィレンツェとトリノ』など。音楽家フランツ・リストの愛人でもあった。

*ポーリーヌ・ガルシア＝ヴィアルド
1821-1910　フランスの声楽家。声域と演技力で、ツルゲーネフ、ショパン、ベルリオーズなどを魅了した。

*ナポレオン3世
1808-1873　本名はシャルル・ルイ＝ナポレオン・ボナパルト。普仏戦争で第2帝政が崩壊、フランス最後の君主となる。

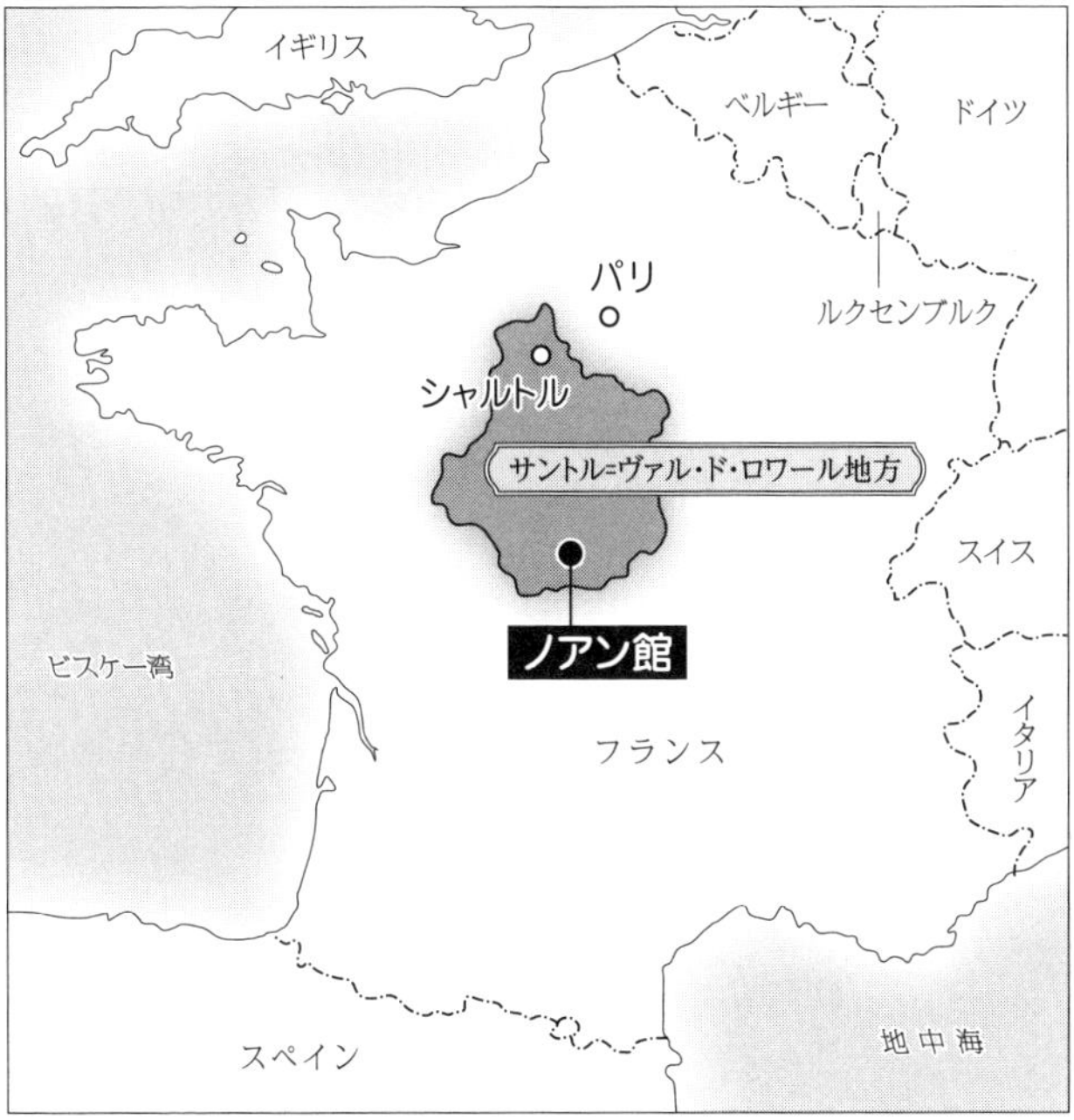
イギリス
ベルギー
ドイツ
パリ
ルクセンブルク
シャルトル
サントル=ヴァル・ド・ロワール地方
スイス
ノアン館
ビスケー湾
イタリア
フランス
スペイン
地中海

滋養に満ちた田舎料理だった。食事どきの6時頃になると、白いテーブルクロスのかかったテーブルにはろうそくの火がともる。家族に代々伝わる銀の食器には、地鶏やジビエ、菜園でとれたばかりの野菜で作られたポタージュ、ローズマリーやセージが添えられた香り高い野菜料理、森のきのこなどが並んだ。「地産地消*」などという言葉はまだなかったこの時代だったけれど、こうやって土地でとれるものを皆で分け合って食べるというのは、サンドにとってごく自然の日常だった。野ウサギなどのジビエなどが多用されたのには、牛肉の上等な部位はパリに集中しがちだったという理由もある。

　バターをふんだんに使った鶏肉のファルシ*、刻んだトリュフや鶏のトサカが入ったパイなども登場した。ノアンの食卓をのぞけば、19世紀フランスの田舎におけるブルジョワの食生活を知ることができる。「ガストロノミー」の名にふさわしいような、特別なときに供される料理、中世に起源をもつ素朴な田舎料理、フランス各地方の郷土料理、イタリアをはじめとした外国料理……。友人から送られてくるサンドの好物、生牡蠣が食卓に並ぶこともあったし、ノエル（クリスマス）には、オマール海老やフォアグラも楽しんだ。

　そんな中、定番で食卓に並ぶのは、安価で空腹を満たしてくれるジャガイモや米などがベースの料理だった。ボリュームを出すためか、バターやオリーヴオイルに加え、グリュイエールチーズが多用されている。残り物の肉などは、ファルシにして余すところなく利用された。

*地産地消
地域生産地域消費。地元で生産された農作物などを地元で消費すること。

*ファルシ
肉や野菜などの詰め物、混ぜ物。

毎日の食卓は、それを用意する者の歴史や人柄、そしてその時どきの財布の中身までも雄弁に語っている。ノアンの城主には、お金を湯水のように使える余裕はまったくなかった。サンドには、昔から務める使用人や料理人へ支払う給与に加えて、パリにあるアパルトマンの維持費も必要だった。それに、息子が友人を連れてやってくることも日常茶飯事だったし、浪費家の娘ソランジュの衣装代もふくらむ一方……。それでも、当時の城館やブルジョワ宅で行われていたように、やってきたゲストから食事代を受け取ることはよしとはしなかった。ノアンの城主の気前のよさは有名で、10人以上のゲストをもてなすことはざらにあったという。

ノアンの城では使用人も主人と同じものを食べていたし、時には、付近に住む貧しい人に食べ物を施していた。「ノアンの優しい貴婦人」と地域の農民などから親しまれたのも、そんな心づかいがあったからだろう。

おかみさんの風格も備えたその貴婦人は、自ら台所に立つ喜びを忘れることはなかった。ノアンの広々とした台所には当時最新のオーブンがそなえられ、重々しい銅製の鍋やフライパンなどが活躍した。お抱えの料理人に調理をゆだねるときも、大事なポイントは自分自身の目で確かめることを忘れなかったという。

サンドが特に大事にしていたのはコンフィチュール（ジャム）作り。1844年、友人の植物学者ジュール・ネロに宛てた手紙に「プラムのコンフィチュールを40リーヴル*ほど

*リーヴル
1リーヴルは500g弱。

作りました。それをあるだけすくって食べるだけでいいのだったら、そんなに簡単なことはありません。ただ、私はそれを保存したいので、もう少し手をかけるんです。コンフィチュールが欲しくなったら、いつでも教えてくださいな……。あなたのために、また作りますから。何人か手伝いの女性を寄こすことを考えてくれたようですが、そうしたとしても、この仕事は人任せにはできないので、なんの役にもたちませんわ。コンフィチュールは自分の手で作らないといけないし、その間少しでも目を離してはいけません。それは、1冊の本を作るのと同じくらいの重大事なのです」と書いた(20世紀を代表する文豪プルースト*も、『失われた時を求めて』で料理をする家政婦の作業と自らの執筆の作業を比べて書いていた……)。

甘いものには目がなかったようで、コンフィチュールはもちろんのこと、フルーツの砂糖煮、マロングラッセ、ライスプディングなどを好んだ。長男のモーリスを妊娠しているときは特にボンボン*を欲しがり、夫のカジミールはパリに使いを出してまでオロールの気持ちを満たしてやった。ヴァニラ風味のチョコレートも大好物で、夜中に仕事をしながら、そのかけらをかじることも。そんな嗜好は歳を重ねても変わらず、1864年のお正月には、家族とプレゼントを交換し合い、ボンボンを食べたことが記されている。

ノアンの食卓の様子を私達がつぶさに知ることができるのは、モーリスの娘で、料理自慢だったオロール・サンドによるところが多い。オロールは、大好きだった祖母や一家に

*マルセル・プルースト
1871-1922 フランスの小説家。代表作の長編『失われた時を求めて』は多くの作家に影響を与えた。さまざまな訳者による日本語訳も刊行されている。

*ボンボン
キャンディー。グミ。

関するメモなどを、それがどんな小さな紙切れだとしても、「いつか、大きな意味をもつかもしれない！」と、大切に保管していた。

サンドが好きだった料理やデザートは、その著作からも想像することができる。この章では、サンドの作品に出てくる食風景を時系列で追ってみよう。章末には、現代の暮らしに合うように簡単にアレンジした料理やデザートのレシピを紹介している。

ノアンの食卓　小説の中の食風景

①『モープラ』（1837年）*Mauprat*

サンドが作家デビューして間もない時期に書かれたこの物語には、野蛮な盗賊であるモープラ一家に生まれた少年の成長が描かれている。ミステリー小説でもあり、フランス革命前夜を描く歴史小説でもあり、教育の大切を説く社会派小説でもあり、はたまた理想のカップル像を描く恋愛小説でもあり……。楽しみ方は、読者それぞれの感受性にゆだねられている。

この小説の執筆中、実はサンドは夫との別居にあたる訴訟に頭を悩ませていた。そんなときだからこそ、永遠の愛についての考察が深まったのかもしれない。

ところで、全体を通して印象的なのは、アルコールが登場する回数の多いこと！　ひと昔前、フランス人はワインを水がわりに飲む、などと言われていたけれど、この小説の舞台になっている18世紀フランスの田舎には、まさにそれがあてはまるよう。特にこのモープラ一家は、なにかとワインや蒸留酒を飲んでは、飲ませる。退屈な日常や難しい問題を忘れるために、時には空腹を紛らわせるために。そして、農民や司法関係者をだましたり、女性をしゃべらせたりするために……。

夫のカジミールや義理の兄イポリットなど、幸か不幸か、サンドの身近にはアルコールにおぼれる男性のモデルが何人かいた。

『モープラ』主人公のベルナールは、17歳にして、すっかりワインの虜になっている。盗賊一家から離れて愛する従妹エドメの家で暮すようになったその夜も、「できたら藁を一束とワインを一杯、おれが欲しいのはそれだけ」とアルコールに執着している。

だからと言って、この小説中でワインが悪者にされているということではない。それどころか、ワインは、ベルナールがそれまでの粗野な世界から抜け出すきっかけを作る小道具のような役目も果たしている。教育係となった神父に自らのあまりの教養のなさをさらけだすことになって気まずい思いをしているベルナールに、従妹の父は「さあ、食事にしよう。お腹は減っているかい？　うまいワインは好きかい？」と声をかける。「ラテン語よりは、ずっと」と答えたベルナールは、そこから新しい保護者達に少しずつ心を開き、暗黒の世界から抜け出ていくのだ（ちなみに、サンド自身も、少女時代にラテン語の勉強にはずいぶんと悩まされたと告白している)。

それまで教育からしりぞけられていたベルナールは、膨大な知識を急に与えられてとまどうものの、周囲が驚くほどの早さで学習していく。その道をリードするのは、愛するエドメが朗読する声……。読者の中にも、好きな先生の教える科目には思わず力が入ってしまう、という経験をしたことのある方もいると思う。愛する人が読み上げるテキストには、きっと、隅から隅まで暗記したくなってしまうようなインパクトがあるに違いない。

ベルナールの成長過程においてもうひとりの重要人物が、田園の哲学者パシアンス。自然愛を説き、近代教育思想を築いた18世紀の思想家ルソーに傾倒しているパシアンスは、森の中の山小屋や塔の一部を改造して住まいにし、一風独特の生活を送っている。

ワインは口にせず、飲むのはもっぱら山羊のミルク。自らは植物の根や自然に木になる果物をつまんで満足しているこの隠遁者は、しかし、野菜や果物を育てる才能に恵まれていたよう……。その庭に続く小道の両脇には、「まるで軍隊の行進のように、見事な野菜が整然と列を作っていた。キャベツのかたまりが前衛部隊を、にんじんとサラダ菜が本隊をになっており、垣根沿いのつつましやかなスカンポ*が列の最後に控えていた。そんな野菜の上に緑のパラソルになって傾いている、すでによく育っているきれいなリンゴの木、交互に植えられた紡錘型や扇型に仕立てられたナシの木*、ひまわりやクローヴの根元にひれふすタイムやセージの縁を見ると、奇妙にも、パシアンスが社会秩序の思想や贅沢な習

*スカンポ
タデ科の多年草。スイバとも。フランスではポタージュやソースなどに使われる。

*紡錘型や扇型に仕立てられたナシの木
「エスパリエ」と呼ばれる果樹の仕立て法。

慣に立ち戻ってしまったかのようだった」

確かに、自然の中に教えを見出すルソーの主張からすると、この庭には人の手が入りすぎているのかもしれない。でも、読者としては、田舎の美しい菜園を想像させてくれるこんな描写は大歓迎。

そして、サンド愛好家なら、ノアンの館の庭に思いをはせることになる。そこではグリーンピース、イチゴ、メロン、イチジク、ブドウなどが栽培され、サンド自身が庭仕事に何時間も費やすことも稀ではなかった。果樹園にはモモ、プラム、ナシ、アプリコット、カリンの実がたわわになっていたという。1865年に書いた手紙には、庭に2本あるアプリコットの木から500個以上もの美しい果実がとれたことを嬉しそうに綴っている

(↓81頁：レシピ①アプリコットのコンフィチュール)。

ワインについては、サンド自身は、ひとりのときには赤ワインを水で薄めて飲むくらい。娘のソランジュはこう書いている。「(ノアンにやってくる)友人達がノアンの食卓には美味しくボリュームたっぷりな料理があるとし、パリの(レストラン)〝マニー〟では洗練された夕食を摂るのが(母親の)日常だったにしても、ひとりになると、鶏の手羽、ブラックコーヒー、半熟卵、赤く染まった水だけで済ませていた……。家族や友人がやってくると、高価なもの、避けるもの、手の届かないものは存在しなくなり、その場にふさわしい美味しそうな食事が出てくるのだった」

そんな調子で人をもてなすことに熱心だったサンドは、家族や友人のためにとなれば美味しいワインを探す手間は忘れなかった。ワインの目利きであったであろう薬剤師の友人に「ちょっとしたボルドーを、普通、とは言っても、しっかりセレクトされて信頼することができる、普通のボルドー」を手配してくれないかなどと頼んだりしている。

またあるときは、息子のモーリスにこんな手紙を書いている。「早急な返事が必要な質問。アローには、適正な価格のほどほどのワインを見つけることができません。デュヴェルネによると、ジレールのところでは、安価なのに素晴らしい、普通のボジョレーを飲んでいるということです。ワイン通のあなた、ジレールのところで数日ご馳走になったあなたは、その普通のワインをどう思いましたか？　早く教えてください。これは緊急を要することなの。私はひどいワインか、恐ろしく高価なワインしか見つけることができていないのです」

②『**モザイク職人達**』（1838年）*Les Maîtres mosaïstes*

旅をこよなく愛したサンドには、その思い出から生まれた小説も多い。1833年12月、29歳のサンドは新しい恋人である詩人のアルフレッド・ド・ミュッセ*とイタリア旅行に出かける。そして、この年の暮れから翌年8月までの期間を水の都ヴェネチアで過ごした。1859年には、このときの経験をもとにした小説『彼女と彼』を出版している。

*アルフレッド・ド・ミュッセ　1810-1857　ロマン派を代表するフランスの作家。代表作にサンドとの恋愛を基にした『世紀児の告白』がある。

『モザイク職人達』の舞台は、ヴェネチアのサンマルコ寺院。主人公は、モザイク職人のズッカート兄弟だ。ふたりとも才気あふれる青年だが、真面目で繊細、病弱な長男のフランチェスコに対して、「ヴェネチア一の美男」と誉れ高い弟のヴァレリオは、とにかく陽気で、にぎやか。ワインに目がなくて、「僕は、たとえ仕事を失ったり、元老院の不興を買ったとしても、スキロス産のワインが2本もあればそれでなぐさめられる」など、なにかのたとえにいつもワインを引き合いに出す。父親から「脳みそがない」などと陰口をたたかれているけれど、困難な仕事に追われているときでも楽しむことを忘れないのはもちろんのこと、職人仲間にもその気持ちを波及させる生きのよさが気持ちよい。

「ヴァレリオの不変の快活さ、面白い話、熱狂的な歌声、そして皆で回し飲みするキプロスのワインの大きな壺。これらのおかげで、一同は素晴らしい熱意を維持したのだった」。こんなくだりからは、幼い頃から、祖母を通して親しんだイタリアの音楽からの影響も感じられる。同時代の作家スタンダール*ほどではないにしても、サンドのイタリアに対する情熱は『レオーネ、レオーニ』（1834年）、『スピリディオン』（1839年）や『コンシュエロ』（1842-43年）などにも色濃く表れている。今でも唯一残っているサンドの手書きのレシピは、ヴェネチアが発祥とされる甘いニョッキだ（→84頁：レシピ②シナモンシュガーのニョッキ）。

この小説を書いてから約20年後、サンドは再びイタリアを訪れた。美しい風景を前に画

*スタンダール
1783-1842　フランスの小説家。著書に『赤と黒』『パルムの僧院』など。

家の息子と彫版家の恋人マンソー*がクロッキーにいそしむ間、サンドはノートをとる。そして、アレクサンドル・デュマのはじめの妻であったイダ・フェリエ宅に食事に招かれたり、当時有名だったトラットリアの料理人を雇ったりして、イタリア料理を思う存分味わった。この一行、カッシーナ公園のジェラート屋がお気に入りで、雨の日にも足しげく通ったという。

③『アンジボーの粉挽き』（1845年）*Le Meunier d'Angibault*

サンドは、1848年の2月革命の立役者であった政治家ルイ・ブラン*や思想家ピエール・ルルー*と深い親交を結んだ。サンドの父親は貴族の血をひいた将校、母親はお針子。父方の家族はこの結婚に激しく反対したという経緯も知るサンドは、階級を超えた愛情についてとても無関心ではいられなかったのだろう。

1840年代のサンドは、『フランス遍歴の職人』（1840年）、『オラース』（1841年）、『アントワーヌ氏の罪』（1845年）などの社会主義小説を次々と発表していく。その中の1冊である『アンジボーの粉挽き』（1845年）に出てくるのは、身分の違う2組のカップル。彼らが互いに助け合い困難を乗り越えていく過程を追いながら、この時代に色濃く残る社会制度のおかしさを明らかにしていく。

小説の舞台は、サンド自身が暮らしたベリー地方の美しい農村アンジボー。読者は、パ

*アレクサンドル・マンソー
1817-1865　フランスの彫版家、劇作家。アレクサンドル・ヴァンサン・シドゥニエに師事。1842年より定期的にサロンへ出品し、才能を認められていた。

*ルイ・ブラン
フランスの社会主義者。2月革命を先導し、労働者の改善をめざした。

*ピエール・ルルー
1797-1871　フランスの哲学者。人道主義的社会主義者。1841年に創刊した『ルヴュ・アンデパンダン』誌にはサンドも寄稿している。

りからこの地を訪ねていく貴族の親子と一緒に、サンドの筆によってこの地方の豊かな景色や人びと、そして食文化を発見することになる。その案内人は、この村で評判の働き者の粉挽き職人グラン・ルイ。パリからやってきた親子を歓待するために、彼の母親が用意したのは……。「水で練った小麦の生地をミルクで〝着飾った〟フロマンテ*、ペッパーをきかせたクリームをそえた洋ナシのタルト（↓86頁：レシピ③洋ナシのクラフティー）、ヴォーヴル川のマス、グリルでぱちぱち音をたてている脂身が少なく柔らかい鶏、熱々のクルミのオイルをかけたサラダ菜、山羊のフロマージュ、少し青みの残るフルーツ」。こんな、田舎ならではのご馳走に、パリの子どもはすっかり心を奪われる。川でとれたばかりの魚や、もぎたての果物は、首都のどんな高級レストランに行っても見つからない。

このお粥のようなポタージュ「フロマンテ」はよく食卓にのぼった。例えば、ある日の夕食のメニューは、前菜にスープ、メインに魚のフライとポテトのパイ、フロマンテにコーヒー。穀物を煮るというのは、太古の昔から存在する最もシンプルな調理のひとつ。特別なところはなにもないからこそ、心を落ち着かせてくれるところがある。私達日本人も、お粥を食べるとどこか安心するものだ。

この頃のサンドは、ノアンで執筆に打ち込みながら、週末にはよく近くの森や廃墟にある草原へ出かけていった。そして、息子のモーリスや義理の兄イポリットと一緒にガレットをほおばった。そのまわりでは犬達が跳ね回り、家族全員を手押し車で引っ張っていっ

*フロマンテ
この地方ご自慢のひと皿で、長時間ミルクで煮た小麦粉のポタージュ。

た腹ペコの大きな馬はお皿に顔をつっこむ……。そんな様子を、この城主は、いかにも楽しそうに友人に書き送っている。

「ガレット」は一般にパイやビスケットなどのことを指すけれど、このピクニックに一行が持っていったのはベリー地方の伝統的なジャガイモのガレットのことだろう。パイ生地の間にたっぷりのジャガイモのピュレとフロマージュ・ブラン*を入れて焼いたこのガレット、お世辞にも洗練されているとは言い難いけれど、ボリュームたっぷりで、お腹が減ったときにかぶりつくにはぴったり。

この地方では今でも作られ続けているようで、パリの日本語新聞『OVNI』の取材で2012年にノアンの城館を訪ねたとき、地元のパン屋でも売られていた。

④『アントワーヌ氏の罪』(1845年) *Le péché de M. Antoine*

本作では、サンドの小説おなじみのテーマ、身分の違うふたりの恋愛が綴られている。主人公は、資本主義の実業家を父にもつエミール・カルドネと、貴族でありながら貧しい暮らしを送るアントワーヌ・ドゥ・シャトーブランの娘ジルベルト。そして、食べ物に興味のある者なら気になってしかたがない登場人物が、アントワーヌに仕える料理女のジャニーユだ。革命前の主従関係が身にしみついているジャニーユは、アントワーヌやジルベルトには白パンを出すのに、自らはライ麦やふすまパンを食べて「健康には悪くない」と

*フロマージュ・ブラン
酸味の少ないフレッシュチーズ。

ノアンのパン屋のショーケースに並ぶジャガイモのガレット

うそぶくような女性（サンド自身、食を楽しむ一方で健康には人一倍気を使っていた。肉を控えることに加えて、イギリスのデュ・バリー博士によって作られた一種のシリアル「ルヴァレシエール」を積極的に摂っていたとか。レンズ豆、とうもろこし、インゲン、モロコシが原料になっているこの粉には、海の塩や大麦やオートミールの粉が合わされており、万病に効くとされていた）。

　母親のいないジルベルトを娘のようにかわいがる気のいいジャニーユは、少ないお金をやりくりして、没落貴族の親子の食卓を守る。そして、ベリー地方でとれる乳製品、はちみつ、卵をベースに、ここぞというときには地鶏をつぶして見事に調理するのだった（↓88頁：レシピ④チキンロースト）。

　バルザックは『ラブイユーズ』（１８４２年）の中でこう書いた。「田舎では特にやることもなく、生活も単調なことから、精神的な働きが料理へと向かう。パリのように贅沢ではないにしても、田舎ではより質のよい夕食を摂っている。その料理は深く考えられ、研究されているのだ。片田舎には、ペチコートを身につけたアントナン・カレームが、知られざる天才達がいる。彼女達は、なんでもない豆料理を、完全に成功したものを前にしたときにロッシーニが見せるあの頷きに値する料理にする術をもっている」。……ジャニーユは、まさに田舎に潜む料理の天才だ。

　特に、彼女の作る野生のブラックベリーのコンフィチュールには、エミールもすっかり感激して賞賛する。ジルベルトは、「味見用のコンフィチュールをレシピと一緒にマダム・カルドネに送ったら、代わりにパインベリー*をもらえるかもしれないわよ」などと、エミールの家族を意識した発言を。実直なジャニーユの答えは「そちらの庭にある大きなイチゴなんてまったくだめだね、水っぽくって。私は山になっている私達の小さなイチゴの方がずっと好き。真っ赤で、うんと香り高いからね。でもね、だからといって、私のコンフィチュールの大きな瓶をエミールさんのママンのためにプレゼントしないわけじゃないよ。ママンがそれを喜んで受け取ってくれるならだけど」。エミールは、質素な暮らしを営むこの家族の寛大さと、裕福ながらも心の貧しい自分の家族とを比較して、嬉しいやら、悲しいやら……。

ところで、この物語の舞台は、ガルジレスというベリー地方の小さな村。この村をよく知るサンドならではの生き生きとした自然描写は、私達の心を躍らせる。また、果樹園がもたらす日陰の効用、リンゴやカリンの木の手入れの仕方が書かれているくだりは、まるで、園芸本のアドバイス並みの詳しさ……。

自らの命を顧みずおぼれかけた男の子を助ける農民、川でマス釣りに励む工場勤めの秘書、フスマ入りのパンやライ麦パンを食べる大食漢の召使、貧しいのに頼まれるとすぐ人にお金を貸してしまう没落貴族、麻の収穫を気にする有能な料理女など、味のある魅力的な登場人物にも事欠かない。

*パインベリー
パイナップルのような風味がする白いイチゴ。

後に、この村に家を持つことになったサンドとそのパートナーで彫版家のアレクサンドル・マンソーは、この田舎でのシンプルな生活をこよなく愛した。この人里離れた村では、日曜日になると村中の男女、子ども達が川で泳ぎ、岩の下に隠れている魚を手づかみでとり、それを皆で山分けするような、昔ながらの慣習が残っていた。時代から取り残されたようなこの土地の素朴な人びとや牧歌的な風景の中、サンドとマンソーは心からくつろげる時間を過ごした。息子やパートナー、友人を連れて散歩に出かけるときは、宿屋で出される食事を待つよりもそのほうがいいからと、簡単な食事を用意してピクニックを楽しんだそう。クルーズ川沿いに歩いて行って、お腹が減ったところで、用意してきた「揚げ物用のフライパン」や、地方名物のボリュームたっぷりのパイなどを広げた。

ノアンでは城主として使用人の管理や事務仕事などにも追われるサンドだったけれど、ガルジレスでは心静かに愛する人達との時間を楽しみ、執筆に打ち込むことができた。この地での暮らしを心から愛するサンドは、ひとりでこの地を訪れることもあったという。

1858年5月の日記からは、リラックスして手料理をふるまうサンドの様子が伝わってくる。「すばらしい天気。とても暑い。マンソーは大騒ぎで消化不良を訴えたけれど、お昼にはザリガニのオムレツを食べた。そのオムレツのレシピとは——ザリガニを味つけなしの水でゆで、むしり、バターでいため、熱々のところを4分の3できあがったオムレツに加える——。これは、偉大なグルメが食するに値する。マンソーはジャンと一緒に川を上がったところで狩りに、私は残って小説の手直しを。マンソーは4時に帰ってきた（獲物はなし）。マリがシルヴァンとやってくる。マリは生涯で最も長い旅に感動していた。そして、岩を称える。橋の先まで、マリと一緒に散歩をしよう。彼女はモーリスやアーネストなどからの手紙を持ってきていた。岩の上を歩いてから、手紙や新聞などを読んだ。マンソーは、蝶が姿を見せ始めた、花の蜜のある場所へ出かけていった。私達はブリ（息子モーリスの愛称）に手紙を書く」

オムレツみたいなシンプルな料理で大切なのは、なによりも勢いだと思う（↓90頁：レシピ⑤ザリガニのオムレツ）。手早く作って、熱いうちにほおばるのが一番だ。サンドのレシピはいたってシンプルで、クール・ブイヨンなんて使わないところに性格が出ていておかしい。

1864年にこの地で書かれた日記には、スープと小魚のフライ、オムレツだけの軽い夕食メニューが記されている。決まった食材をごくシンプルに調理して食べるのに飽きるどころか、サンドは、そこにある種の確かな幸福を見出しているように思う。

⑤『魔の沼』（1846年）*La Mare au diable*
理想主義者と言われたサンドの代表作の一作である『魔の沼』は、現代でも広くフランス人に愛されており、最も知られている作品ともいわれている。舞台は、例によってサンドが子どもの頃から慣れ親しんでいる、自然豊かなフランス中部のベリー地方。

冒頭では死神にとりつかれた農民をテーマにしたホルバインの版画にふれられているけれど、本編ではフランス中部の牧歌的な農村が再現されている。光に満ちた美しい詩のように綴られている素朴な人びとの毎日の暮らしは、当時から都会の読者達に憧れを抱かせた。

もちろん、この地をよく知るサンドのこと。その自然賛歌の中にはある種の暗さも漂う。例えば、題名にもなっている「魔の沼」とは、昔から悪霊に取りつかれているといわれる場所。わが子がこの沼に落ちたと思った主人公が必死で子どもの名前を呼ぶ場面があるけれど、聞こえてくるのは「雑木林に点在している乳牛の鈴の音と、どんぐりを取り合う豚の荒々しい鳴き声だけ」。静寂な森から響いてくるこんな音は、物悲しいだけではなく、どこか不気味さも感じさせる。同時に、喧騒に満ちた都会の住民にとっては、どこか懐かしいような情緒を感じさせるものでもあろう。

物語の主人公は、真面目で働き者の農夫の青年ジェルマンと、貧しいながらも気品を保つ若い娘マリ。ふたりが紡ぐ恋物語は、どこまでも清らかで、瑞々しく、読む者の心まで清らかに洗ってくれそうだ。

亡くなった妻の両親から勧められ、遠くに住むある未亡人との一種のお見合いのために旅をすることになったジェルマン。そこに、偶然、同じ方向に用事があるマリが一緒に旅をすることになる。道中、たちこめる霧にみまわれ森で迷子になったふたりは、大きなカシの木の下に避難。そこで、ジェルマンはこの16歳のマリの機知に舌をまくことになる。歩けるようになってからというもの、ひたすら牛を追いかけていたジェルマンは、家畜の番に慣れている子どものように火を起こすことを知らない。うんと年上のジェルマンがすっかり途方にくれているのを片目に、マリは、てきぱきと焚火の用意を。それればかりか、ジェルマンの荷物の中に入っていたウズラのことを思い出し、「私が、煙の香りがうつらないように灰の中で焼いてあげましょう。あなたは、野原でヒバリを捕まえて、ふたつの石の間で焼いたことが一度もないのですか？　ああ、そうでした！　あなたは羊飼いではなかったことを忘れていました！」と言いながら、ジェルマンにウズラの羽をむしらせ、これも器用に調理（→92頁：レシピ⑥ウズラのロースト）。極めつけは、パンの代わりにと差し出した焼き栗！　道中、枝からもいだ栗をとっておき、すぐに火の中に入れておくという知恵と心配りには、ジェルマンではなくても、思わず感動してしまう。こうやって、まだ少女とも呼びたくなるような女性が主導権をとっているあたりは、サンドらしい筋書きだとにんまり。彼女自身が、多くの分野において、誰よりも手際よく物事を片付ける能力をもった女性だった。

民俗学者のような顔も持つサンドは、この地方の風習についての文章も発表している。その中には『魔の沼』の主人公であるジェルマンとマリのカップルが再び生き生きとよみがえり、読者を、3日間続く農村の婚礼に立ち合っているかのような気分にさせてくれる。

結婚の多幸を象徴するといわれるキャベツの儀式などは、なんとまあ楽しそうなこと。村の長老達が菜園の中から最も立派なキャベツを選ぶくだりなども詳しく書かれており、サンド自身もその儀式に思わずくぎ付けになってしまったのではないかと思わせる。また、この一連の文章の中には、田舎の絶対的な静けさや素朴ながら美しい風景を想起させる細やかな描写がいくつかちりばめられている。「果物の摘取りがまだ行われていない頃、ぱちぱちいう聞きなれない無数の音が、木々を生き物のように思わせる。突然に生育の最終段階に到達した枝が、果実の重みにたわんできしむ。リンゴがひとつ、枝から離れて、足元の湿った土の上に落ちてこもった音をたてる」などといった下りに、読者は憧れのため息をつかされる。

⑥**『笛師の群れ』**（1853年）*Les maîtres sonneurs*

歳を重ね、ますます自然を愛するようになったサンドの筆によって生まれた田園小説。18世紀後半のフランス中部の美しく厳しい自然を背景に、子ども達が成長して恋を育んでいく様子や、風土に根差した音楽の美しさ、力強さが鮮やかに描かれる（音楽にまつわる描写には、ショパンの影響があるともされているこの小説。サンドは、息子モーリスの友人である画家のウジェーヌ・ランベール*に捧げている。もともと1カ月のつもりでノアンを訪れた画家は、その魅力にとりつかれて思わぬ長期滞在をすることになった。サンドが

*ルイ-ウジェーヌ・ランベール　1825-1900　フランスの画家。ウジェーヌ・ドラクロワに師事。猫と犬の絵を中心に描いた。

この小説を書いている頃には、もう10年ほど常客としてノアンで過ごしていたこともあり、まるで家族の一員のように城館の暮らしに溶け込んでいたという)。

舞台は、サンド愛好家にはお馴染みのベリー地方、そして深い森の中のブルボネ地方(共に現サントル＝ヴァル・ド・ロワール地方)。語り手はベリー地方に暮らす少年エチエンヌ。そして重要な登場人物のひとりに、エチエンヌの友人であるジョゼフがいる。音楽に特別の才能をもっているこの孤児は、後に笛師として身を立てることになる。

ブルボネ地方の住民は木こりやラバ引きとして暮らしており、その風習は、平地で作物を育てるベリーの農民とは異なっている。毎日の食風景にしてもしかり。この地に住む友人で、コルヌミューズ*奏者のユリエルを訪ねて森に入ったエチエンヌ達は、そのあまりの質素な食風景に驚きを隠せない。「普段は、ユリエルの家族はパンとフロマージュ、多少の塩漬け肉を1日に1度食べるだけだった。それは吝嗇《りんしょく》だからでも貧しいからでもなく、単純に簡素な習慣がもたらすものだった。この森の民にとって、僕達が温かいものを食べたり、女達に朝から晩まで料理を作らせたりすることは、不要で面倒なことだった」

もちろん、遠方からの客人を迎えるときは例外で、ローストした肉、立派なきのこ、多様なハーブをあしらったオムレツ、そば粉のクレープ、お国自慢のフロマージュ「シャンベラ*」やサンセール*の美味しいワインをふるまい、心からもてなす。そんなとき、この森で暮らす民のリーダー的存在であるユリエルの父は、日ごろから労働を共にする仲間達も

*コルヌミューズ
バグパイプの一種。

*「シャンベラ」
シャンベラ村発祥のフロマージュ。かすかにヘーゼルナッツの香りがする。

*サンセール
フランス中央部サントル＝ヴァル・ド・ロワール地域圏シェール県の自治体。

家に招くことを忘れなかった。

こんなくだりからは、ベリーにあるサンド宅では、使用人がサンドとほぼ同じものを食べていたという逸話を思い出す。そもそも、主従関係を嫌っていたサンドは、「召使」「従僕」などといった言葉はその暮らしにふさわしくないと考えていた。料理人や掃除人、庭師や馬の世話をする人びとは、主人に仕えているのではなく、それぞれの職務を果たす「プロフェッショナル」ととらえていたようだ。1844年には、そんなプロフェッショナルが、11人も城館で寝起きをしていたとか。

そんな城主の元、御者のシルヴァン・ブリュネは30年、料理女のジュスティーヌ・フラスティエは20年の長きにわたってノアンの城館で務めた。サンドを育てた祖母の人柄にもよるのであろう、サンドの乳母だったカトリーヌ・ラブロスなどは、結婚して遠方に住むようになった後も、毎年嫁ぎ先でとれる果物を届けにきたという。後にこの女性が老年に差しかかると、サンドは10年ほどの間援助を惜しまなかった。

はじめは食器洗いとして雇われたマリ・カイヨは、その機知を買われてやがて家の諸事を切り盛りするように。ベリー地方で生まれ育ったこの農家の娘に目をかけていたサンドは、30分のレッスンを30回ほどすることで読み書きを教えた。1862年、城館で上演した3幕仕立ての劇『ソリアニ』では、このマリが堂々と主演女優として活躍している。

サンドの本と人生は、分け合うことの尊さと愉しさを静かに語りかけてくるようだ。

⑦『ナノン』(1872年) *Nanon*

本作を執筆していた頃、60代後半だったサンド。ノアンで過ごした少女時代の体験や思い出は色あせるどころか、ますます鮮やかな記憶としてよみがえり、作品の中に再現された。とはいえ、これは単なる昔話とは一線を画している。ともすると大都市ばかりに注目する革命の理論家達に対して、サンドは田舎の現実を伝える必要を感じていた。

主人公は、農村でつつましい暮らしを送る12歳の孤児ナノン。この少女が成長していく過程から、読者の目にフランス革命期の田園風景が浮き上がってくるようだ。同時代に活躍した他の作家と違い、地方の豊かさや農民達の風習をよく知っているサンドならではの作品といえる。

当時の農民は貧しく、パンを食べることができるのは週末だけ。平日に食卓に上がるのは、栗、そしてそば粉のお粥だった。ナノンは、土曜日の夜に大伯父がライ麦パンと小さなバターの塊を持ってくれるのを心待ちにしていた。そして、伯父がやってくると、庭でとれた野菜をスープにして精一杯もてなす(グルテンフリーでオーガニックの野菜たっぷりのこんなメニューは、健康志向の現代人の目にはいかにも魅力的に映る)。

聡明なナノンは後に一財産を築くことになるが、そのはじめのきっかけになるのは、大伯父が節約したお金で買ってきた羊のロゼット。ナノンは、この1匹の痩せた羊を育てることで、親切な隣人や16歳の少年エミリアンとの親交を深めていく。自然の中で静かに生まれる友情や愛情は詩情に満ち、サンドがいかに田舎生活に愛着を抱いていたかがよく分かる。

物語は、革命後の恐怖政治の中、貴族出身のエミリアンが罪人の烙印を押されて投獄されるところから勢いを増していく。勇敢にもその脱獄を助けたナノンは、彼と共に人里離れた森の中で暮らすことに。エミリアン家に昔から仕える使用人である老デュモンも一緒に、3人はキャンプ生活を始める。……とは言っても、それは「逃亡生活」から想像する過酷なものとはほど遠いもの。ナノンとエミリアンには、昔ふたりで夢中で読んだ『ロビンソン・クルーソー』をうっとりと思いだす余裕さえある（ちなみに、サンドが敬愛する哲学者ルソーの小説『エミール』で、主人公がはじめに読んだ書物も『ロビンソン・クルーソー』！）。

「私達のまわりはジビエだらけだった。私達は、ひもや落とし穴や輪っかなどを使って、あらゆる罠をしかけた。野ウサギ、ヤマウズラ、ウサギ、小さな鳥がまったくひっかからない日はほとんどなかった。小川にはハゼやブリーク*がたくさんいたので、すぐに網を作ることにした。小さな沼があって、そこでは私達の好物だったカエルがいくらでも手に入った。何匹かのキツネとも渡り合った。つかまえるのに手こずったとはいえ、私達のほうがキツネよりも賢かった。私達はその皮をしっかり乾かして、冬用の掛布団にした」

こうなると、「キャンプ」という言葉からイメージする過酷さとは無縁の世界。さらに、

*ブリーク
ヨーロッパ産のコイ科の淡水魚。

この一行は収穫した葡萄でわずかながらもワインを造り、最後には、デュモンが見つけてきた山羊を育ててミルクを搾るように。そんな描写は、都会の人間が忘れてしまいがちな、健やかな食生活を自ら作り出すことからしか生まれない喜びと自信を思い出させてくれる（→94頁：レシピ⑦シェーヴルのサラダ）。

サンドとパリの食卓

ヨーロッパの美食の中心だった19世紀のパリ。あらゆる種類のレストランが街を席巻した。

その中でも最も格の高いレストランに数えられる「マニー」では、文芸評論家で作家のサント＝ブーヴ*が月に1度ソワレを主催していた。そこには、ゴンクール兄弟*、ドーデ*、ゾラ*、ツルゲーネフ、フロベールといった文学者や科学者などの面々が集い、文学、宗教、政治、恋愛などについて語り合ったという。1866年2月12日、サンドは、この集いに唯一の女性として参加して、同席した文芸評論家のサン＝ヴィクトール*やゴンクール兄弟、フロベールについての印象を書き残している。

この店のオランダ風ソースに感動したサンドは、このレストランのオーナーから直々にレシピを教わったそう（→96頁：レシピ⑧アスパラガスのオランダ風ソース添え）。バターの濃厚な味わい

*シャルル＝オーギュスタン・サント＝ブーヴ
1804-1869　フランスの作家。近代の批評に影響を与えた文芸評論家で、日本では『わが毒』などが翻訳される。

*ゴンクール兄弟
兄　エドモン・ド・ゴンクール　1822-1896
弟　ジュール・ド・ゴンクール　1830-1870
共に作家、美術評論家。アカデミー・ゴンクールを設立し、1903年にはゴンクール賞が発足。

*アルフォンス・ドーデ
1840-1897　フランスの小説家。代表作に『風車小屋だより』など。戯曲『アルルの女』はジョルジュ・ビゼーの組曲でも有名。

とレモンのさわやかさが後をひく美味しさで、お行儀がよくないと知っていても、残ったソースは思わずパンできれいにぬぐってしまう。

ところで、サンドが「マニー」に出入りするようになる30年ほど前のこと。バルザックは、愛するハンスカ夫人へ宛てた手紙の中でこんなことを書いている。

「彼女はギャルソン（少年）です、彼女は芸術家です、彼女は偉大で、寛大で、誠実で、無垢です。彼女は人類の立派な特徴を備えています。つまり、彼女は女性ではないのです」

バルザックとしては、ハンスカ夫人が嫉妬しないようにこんなことを書いたのかもしれない。しかし、それを差し引いても、時代を代表する偉大な芸術家にして女性蔑視のこの発言である。こんな時代に、性差別をものともせずに多方面で活躍し、今もその作品を通して世の男性、女性を励まし続けるサンドに、改めて敬意を表したい。

＊エミール・ゾラ
1840－1902　フランスの小説家。代表作に『居酒屋』、『ジェルミナル』など。自然主義を代表する作家で、日本文学にも影響を与えた。

＊ポール・ドゥ・サン＝ヴィクトール
1827－1881　フランスの作家、文芸評論家。著書は劇作品批評が中心。

レシピ①

アプリコットのコンフィチュール

Confiture d'Abricots

材料

種を除いたアプリコット1kg
砂糖約800g
（果物の甘さにより調整）
レモン果汁2分の1個分

1 アプリコットを洗い、半分に割って種を取り除いてボールに入れる。
2 ボールに砂糖を加えて混ぜ、水気が出てくるまで数時間置く。
3 2を鍋に入れ、レモン果汁を加えてから中火にかけ、灰汁をとりながら煮詰める。
4 とろりとしてきたら、煮沸消毒した瓶に入れる。

↘を家族や親しい友人によく分け与えた。庭でとれるメロンのコンフィチュールを母親に届けたときなど、「緑のメロンはあまり長くもたないから、6週間以内に食べきってください」などと、手紙で細かく説明をしている（冷蔵庫がなかった時代のこと、きっと保存のことも考えてのことだろう、砂糖の量はフルーツの重量と同じ、もしくは少し多めになっている）。

結婚前後には母親の奇行に苦労させられたけれど、もともと気が好くて善良なところがあるオロールは、変わらない温かさで母親に接し続けた。「愛するママンへ」とのメモと一緒に、コンフィチュールだけではなく、野ウサギやヤマウズラのパテなども乗合馬車で届けさせたという。

ところで、1828年にサンドが綴った手紙には、焼け焦げてしまったコンフィチュールのエピソードが残っている。「私のコンフィチュールを美味しいと思ってくださったとのこと、とても嬉しいです。第2弾を送ろうと思っていたのですが、その試作品は、前回のような幸せな結果にはなりませんでした。デッサンに熱中するあまり、コンフィチュールを焦がしてしまったんです。後に残ったのは、なんらかの食べ物というよりも、火山の噴火口みたいに、黒くて煙をたてる皮のようなものだけでした」。なにかに夢中になると他のことが見えなくなる性格は、こんなところにも表れている。その偉大さゆえにどこか遠い存在であるような「ノアンの優しい貴婦人」のこんな失敗談や、その失敗を隠しもせずに面白がって書くようなところには、どこか共感を覚えてしまう。

アプリコットのコンフィチュールは、フランスでは定番中の定番。初夏〜夏のマルシェに出かけて、木箱に入ったアプリコットを抱えている人を見ると、「ああ、これから、きっとコンフィチュールを作るのね」と勝手に想像し、こちらもなんだか楽しくなる。

基本的に、コンフィチュール作りはいたってシンプル。アプリコットを半分に割って、種を取り除く単純作業をしているうちに、心がしみじみ落ち着いたりもする。ただ、でき上がったコンフィチュールを熱湯消毒した瓶に入れるときだけは、真剣勝負だ。縁、ぎりぎりのところまでぴったりと注ぎ込み、美味しくなりますようと祈りながら、瓶の蓋を下にして冷ます。

美味しいもの好きでこだわり屋さんの友人マリー＝アニエスは、下準備のときに種をいくつかとっておく。種の中にひそむ「アーモンド」を熱湯でゆがいてから薄皮をむき、仕上がったコンフィチュールと一緒に瓶詰めにするのだという。

そうやって大事に作ったコンフィチュールは、朝食のタルティーヌに使われることが多い。お気に入りのパン屋さんで買ってきた焼きたてバゲットを縦半分に割り、ちょっと上等なバターを厚めに塗ったところに、オレンジ色のアプリコットの手作りコンフィチュールをのせる。ごくごくシンプルながらも、フランス人が愛してやまない朝ごはんのでき上がりだ。うん、今日も1日がんばれそう。

アプリコットの明るいオレンジと甘酸っぱい風味は、夏の間はもちろん、太陽が恋しくなる秋〜冬にかけてこそ、私達に元気をくれる気がする。夏の終わり、友人のローラに「日曜日、マルシェにまだアプリコットがあったからコンフィチュールを作ったの」と言ったら、「それはいいこと！　そうやってシーズン最後に作っておけば、季節が変わってもしばらく気分を楽しめるわね」と、ちょっと大げさに褒められた。

頭だけでなく、手を動かすことも大好きだったサンドは、家庭菜園でとれたフルーツを使った正真正銘お手製のコンフィチュール↗

レシピ②

シナモンシュガーのニョッキ

Gnocchi con zucchero e canella

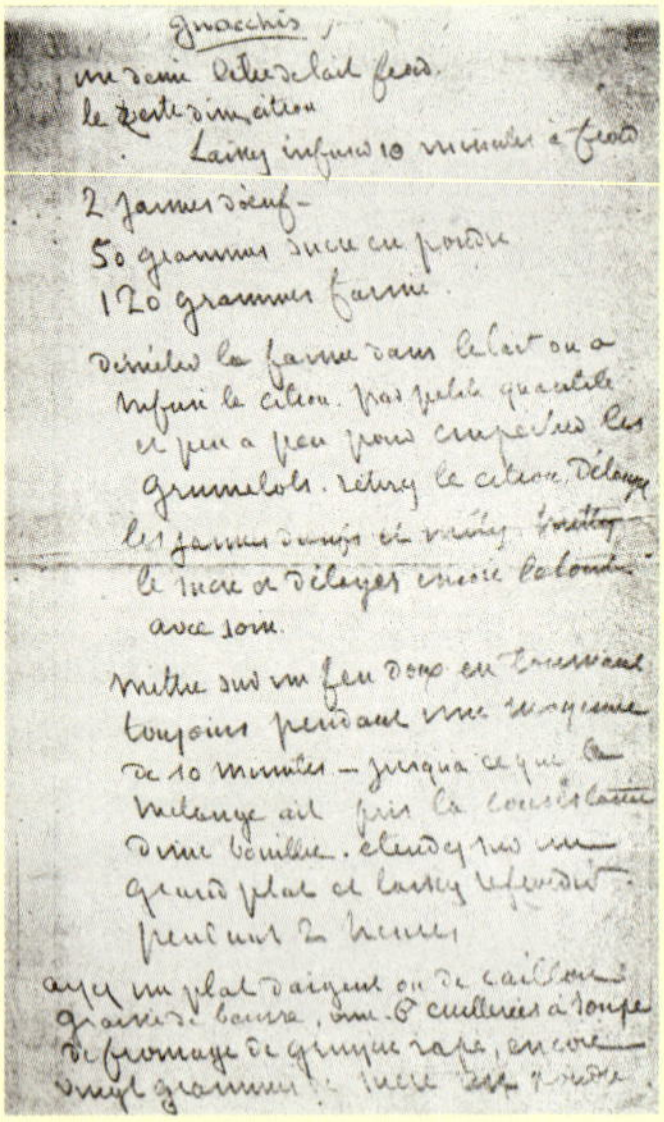
Gnocchis
un demi litre de lait froid.
le zeste d'un citron
Laissez infuser 10 minutes à froid
2 jaunes d'œuf
50 grammes sucre en poudre
120 grammes farine
délayez la farine dans le lait où a
infusé le citron. par petite quantité
et peu à peu pour empêcher les
grumeaux. retirez le citron. Délayez
les jaunes d'œufs et mêlez. mettez
le sucre et délayez encore le tout
avec soin.
mettre sur un feu doux en tournant
toujours pendant une moyenne
de 10 minutes — jusqu'à ce que le
mélange ait pris la consistance
d'une bouillie. étendez sur un
grand plat et laissez refroidir
pendant 2 heures
ayez un plat d'argent ou de cailloux
graissé de beurre, ... 6 cuillerées à soupe
de fromage de gruyère râpé, encore
vingt grammes de sucre en poudre.

『A LA TABLE DE GEORGE SAND』に掲載されているニョッキの手書きレシピ

材料（8人分）

牛乳500ml
レモンピール（1個分）
卵黄2個分
砂糖70g
小麦粉120g
グリュイエールチーズ大さじ6杯
シナモン小さじ3杯
バター適量

1 牛乳をふっとうする直前まで温め、鍋を火からおろしてからレモンピールを加えて、香りがうつるまで10分ほど待ってから取り除く。
2 卵黄と砂糖50gを混ぜてから温かい牛乳の入った大きめの鍋に加え、よく混ぜる。
3 2に小麦粉をふるい入れ、木のへらを使って、だまができないように弱火で10分ほどかき混ぜる。
4 大皿などに3の生地を2〜3cmの厚さにして広げ、時間があるときは2時間ほど寝かせる。
5 オーブンをごく低温に温める。
6 ボールにおろしたチーズ、シナモン、砂糖20gを入れて混ぜる。
7 バターを塗ったオーブン皿に、4の生地を入れ、その上に6を重ね、ちょんちょんとバターの塊をのせる。生地がなくなるまで3〜4層重ね、好みで砂糖をまぶしてから約30分焼く。

ニョッキを甘くして作るというのはなんとも不思議で、はじめてこのレシピを目にしたときは「あれ？」と思った。

作るのにわりと手間がかかりそうなわりに、サンドには失礼ながら、すごく美味しそうというわけでもない……、というわけで、このレシピを知ってから作るまでには少し時間がかかった。でも、このレシピは、現在でも唯一残っているサンドの手書きレシピ。せっかくだから作ってみようと、ドキドキしながらチャレンジしてみた。

はたして、でき上がったものは、ニョッキというよりも、あえて形容するならば温かいティラミスのよう。熱いうちに口に入れてみると、塩味のチーズに、甘い牛乳、そしてシナモンが不思議によく合う！　正直なところ、洗練された現代の料理に慣れている読者の皆さんに胸をはって「おすすめ」とは言い難い。でも、「ほお、これが19世紀の田舎の味かあ」と、その素朴な味に私はなんだかホッとした。そして、貴族の血を引き、文豪として世に名を遺した偉人であるサンドを、ちょっぴり身近に感じた。

フランスで出版されている『A LA TABLE DE GEORGE SAND』（ジョルジュ・サンドの食卓）というレシピ本のコメントには、「シナモンとレモンが香り立つ甘いニョッキ。前菜というよりも、小さく切ってアペリティフにするのがおすすめ」とある。私が作ったティラミスもどきのニョッキは、どうも小さくは切れないのだけれど……。

ボローニャ出身の友人アンジェリカに甘いニョッキについて聞いてみると、「私は聞いたことないけど」と言いながら、ネットで検索したレシピを教えてくれた。どうやらこのニョッキ、ヴェネチア発祥らしい。サンドとミュッセは情熱があふれるゆえにけんかの絶えないカップルだったけれど、水の都で仲良く甘いニョッキをつまんだことも1度くらいはあったかもしれない。ただ、ヴェネチア出身の友人で食いしん坊のロレンゾもこの料理のことを知らなかったので、現代では、本場ヴェネチアでも甘いニョッキはすたれてしまったようだ。

この料理を気軽に味わってみたければ、市販のニョッキを使うのも手だと思う。ニョッキをゆでたところに、室温にもどした柔らかいバターをのせ、お好みで砂糖とシナモンパウダーをからめるだけ。ヴェネチアの恋を思い浮かべながら、よく冷やした甘口の白ワインなんかと楽しんでみたい。

レシピ③

洋ナシのクラフティー

Clafoutis aux poires

材料(直径25cmのタルト型)

砂糖100g
卵2個
牛乳200g
小麦粉80g
ベーキングパウダー3g
洋ナシ(品種：秋田産バートレット)
2個(1個280g)
アーモンドスライス適量

1 溶いた卵に砂糖を加え、よく混ぜる。
2 小麦粉とベーキングパウダーをふるい、2に加えてやさしく混ぜる。
3 人肌くらいに温めた牛乳を3に加えて混ぜ、冷蔵庫でひと晩ねかせる(時間がなければ2〜3時間でもOK)。
4 ひと口大に切った洋ナシをタルト型にならべ、3の生地を注ぐ。
5 アーモンドスライスを散らし、200度に温めたオーブンで45分ほど焼く。

レシピ監修：漆原友紀(Le Pain Gris Gris)

農業国フランスでは、旬の果物がごく自然に生活に溶け込んでいる。マルシェに洋ナシやリンゴの専門スタンドが並び始めると、「ああ、秋だなあ」と季節が変わったのを感じる。洋ナシでもリンゴでも、好みの味や用途を伝えると、おすすめの品種をまたたくまに教えてもらえる。

とろけそうに熟したナシは、そのまま食べてももちろん美味だけれど、ちょっとの手間で作れて皆が喜んでくれるのがクラフティーだ。はじめて食べたのは、義理の伯母ニコルの家。あまりに美味しいからレシピの分量を聞くと、「卵2個にコップ1杯の牛乳、砂糖と粉が100gにちょっとのベーキングパウダー」と、なにも見ずにすらすらと答えてくれた。「果物をたっぷり食べたいから」と、洋ナシは大胆に1kg近くも使う。「カリカリとした食感が加わって楽しいから」と、アーモンドスライスもまんべんなく散らして焼く。

そんなニコルのクラフティーは、どこか懐かしくて優しい味。タルトよりも気軽に作れるのも魅力で、ナシがたくさん手に入るとお決まりのように作るけれど、何度食べても不思議なくらいに飽きない。

もともとはさくらんぼで作られていたクラフティーは、フランス中部で生まれたもの。くわしく言うと、昔リムザンと呼ばれていた地方が発祥だ。今回は、読者の方に作りやすいようにと、パティシエの漆原友紀さんにお願いして日本の食材を使ったレシピにアレンジしていただいた。小麦粉の質をはじめ、食材のちょっとした違いが仕上がりを左右するものだ。「生地を寝かせる時間が長いほうがよくなじんで美味しくなるし、冷やして翌日食べるのもおすすめ」との友紀さんのアドバイスからは、美味しいものへのこだわりがにじみ出る。

ニコルと友紀さんのおかげででき上がったこのレシピは、もしすぐに洋ナシが手に入らなくても、熟れたモモやさくらんぼなど、甘くてジューシーな果物が手に入ったらぜひ試してもらいたい。

レシピ④

チキンロースト

Poulet rôti

チキンローストといえば、週末にフランス家庭の食卓に並ぶご馳走の定番。丸鶏は、町の肉屋に並んでいるのはもちろんのこと、スーパーやマルシェでも年中手に入る。

同じ鶏肉を焼くのでも、家庭によって方法はそれぞれで、レシピのバリエーションも果てしない。そんな中、私がたどりついたのがこの方法。鶏肉を丸ごとココット鍋に入れてオーブンで焼くことは、パリの日本語新聞『OVNI』で長年すてきな料理ページを作っている佐藤真さんのレシピを読んで覚えた。

この方法だと、鶏肉がぱさぱさすることなく、ジューシーに焼きあがる。それに、焼いた後にオーブンの中を洗わなくてすむのも楽で助かる。

お鍋のとなりに皮がついたままのジャガイモをクッキングシートなどにくるんで置いておけば、鶏肉が焼けたタイミングでほくほくのポテトも楽しめる。塩をパラパラと振りかけたところに美味しいバターをたらして、アツアツのところを口に入れながら、週末の幸せをかみしめてみよう。

鶏肉を肉屋で買った場合は、砂肝やレバーなども別に包んで渡してくれる。鶏肉のお腹に入れて焼いてしまってもいいのだけれど、翌日、砂肝を炒めてグリーンサラダに入れたりしても。週末の延長みたいな気分が味わえて、これまたなかなか愉快だ。

材料（4人分）

丸鶏1羽
オリーヴオイル適量
にんにく1玉
ドライミックスハーブ適量
塩、こしょう
フレッシュハーブ（ローリエ、ローズマリー、セージなど）

1 鶏肉を水でよく洗って、キッチンペーパーなどで水けをふきとる。
2 オリーヴオイルをまわしかけた丸鶏に、塩、こしょうを振りかけて手でよくなじませる。肉にしっかり塩味をつけたい場合は、一晩冷蔵庫で寝かせる。
3 オーブンを190度に温める。
4 鶏のお腹にローリエなどのハーブを入れてから、オーブンに入る大きさのココット鍋で鶏の表面を炒めていく。
5 にんにくを一片一片にバラバラにしていく。薄皮はそのままに。
6 鶏の表面がきつね色になったところで、好みでドライハーブをちらし、5のにんにくを加えたところに水を200ml注いでから鍋に蓋をする。
7 熱くなっているオーブンで約1時間半焼いていく。
8 焼きあがったら食べやすいように切り分けて、焼き汁をしっかりかけていただく。

レシピ⑤

ザリガニのオムレツ

Omelettes aux langoustines

マルシェに並ぶラングスティーヌ

ザリガニを調理するという発想がなかったので、料理好きな友人キャロリーヌに聞いてみると、「最近食べてないけど、私は大好きよ！　エビの豪華版ってところね」と即答された。普通、店頭に並ぶのはノエル（クリスマス）の時期などの特別なときでいつも置いてあるわけではないけれど、マルシェの魚屋に出ていることもあるという。

近所のマルシェにスタンドを出しているお兄さんにザリガニがないか聞いてみると「うちはノルマンディーの魚しか扱ってないから、置いてないね。それに、ザリガニは自分で食べないから、お客さんに食べ方をすすめることもできないし」と言った後で、「でも、どこに行ったらあるかは知っているから、前もって言ってくれれば、あなたのために手に入れておきますよ」とウインク。

サンドのように、川でとれたばかりの新鮮なザリガニをそのまま調理するのが理想だけれど、それもなかなか難しい。今回は、毎週決まってマルシェに出ていて、味や形もザリガニに似ているラングスティーヌを使うことに。いつも作りなれているオムレツが、ラングスティーヌが入っただけで、お客さんにも喜ばれるちょっとしたご馳走になった。

材料（4人分）

卵10個
生クリーム50ml
バター30g
ザリガニ（もしくはラングスティーヌ、エビ）
30〜40匹
ハーブ、塩、こしょう

1 ザリガニを流水でよく洗う。
2 ローリエやタイムなどのハーブ、塩、コショウを加えた水を沸騰させ、ザリガニを入れる。
3 お湯が再沸騰したら取り出して、殻をむく。
4 卵、生クリーム、塩・こしょうをよく混ぜ、バターを溶かしたフライパンでオムレツを作る。
5 半熟のところにザリガニを加える。

レシピ⑥

ウズラのロースト

Cailles rôties

材料(4人分)

ウズラ4羽
オリーヴオイル適量
にんにく2かけ
ドライミックスハーブ適量
塩、こしょう
フレッシュハーブ(ローリエ、ローズマリー、セージなど)

1 ウズラのおなかの内側と表面をよく水洗いし、水けをふきとってから塩をすりこんで半日ほど置いておく。
2 ココット鍋にオリーヴオイルを入れて、きれいな焼き色がつくまでまんべんなくウズラを炒める。
3 おなかの内側にローリエ、ローズマリー、セージなどのハーブを入れる。
4 ウズラの表面にミックスハーブを散らし、おろしたにんにくをのせ、軽く塩・こしょう。
5 水を半カップほど加えてからココット鍋に蓋をして、180度に温めたオーブンに入れて40分ほど焼く。

近所にある一番お気に入りの肉屋では、ロースト用の鶏の隣にウズラが並んでいる。首から上はショーケースから見えないように折り曲げられているけれど、注文が入って肉屋が1羽ずつつかみだすと、見るもあわれな小さな頭が顔を出す。「マダム、私が下処理をしますからね」と、たくましい肉屋が目の前でウズラの首を切り落とし、内臓をかき出していく。そうして最後に処理をするからこそ肉は新鮮さを保っているのだけれど、その作業の様子は、繊細な人なら首をそむけたくなってしまうかも。

ウズラの肉は、鶏肉よりも弾力があってしっかりした風味があり、ほどよい野性味が魅力だ。ジビエほどはクセがないから、家庭でも調理しやすいと思う。味は多少ワイルドにしても、あらかじめベーコンが巻き付けてあるものなどはそのまま焼くだけでご馳走風になるし、高級レストランでは黒トリュフなんかを合わせてエレガントにおめかしして出てきたりもする。

小ぶりで身が少ない印象を補おうと思うせいか、おなかの中に詰め物を入れて焼くのがポピュラーだけれど、ここはサンドの小説の登場人物のように、ハーブを使ってごくシンプルに。フランスのウズラは内臓などを取り除いても1羽で200g前後あるので、ボリュームも申し分ない。肉汁がしみたソースは、付け合わせのじゃがいもやパスタなどにからめてしっかり味わいたい。

運よく栗が手に入ったら、包丁で切り込みを入れてからホイルに包み、うずらと同時にオーブンへ入れておきましょう。

レシピ⑦

シェーヴルのサラダ

Salade de chèvre

材料（4人分）

お好みのパン
シェーヴルのフロマージュ（山羊のチーズ）適量
ドライミックスハーブ
グリーンサラダ

1 スライスしたパンにオリーヴオイルを適量まわしかけ、ドライハーブを散らしたシェーヴルをのせる。
2 グリルやオーブンでシェーヴルが少しとろけるまで焼く。
3 サラダに添えていただく。プチトマトや、クルミなどのナッツ類を加えても。

シェーヴルのフロマージュは、ロワール川が流れるベリー地方の名産品のひとつ。セル＝シュル＝シェールやクロタン・ド・シャヴィニョルなどは古くからこの地方で作られてきているフロマージュなので、きっと、サンドの城館でも頻繁にふるまわれたに違いない。かすかに感じられる甘味と酸味が特徴のこんなチーズには、この地方が誇る芳醇な赤ワインのシノンや、口当たりのいいトゥーレーヌの白なんかがよく合う。

小さな別荘があるガルジレスで過ごしていたときのサンドの日記に、山羊のミルクに関する記述が残っている。「粉挽きの美しい女性が、私達にとっておきの山羊のクリームとミルクをふるまってくれた。*それが美味しいときには*、牛のミルクやクリームよりも断然に美味しいことに議論の余地はない。その粉挽きは、バターにしても、自分の山羊のミルクから作られたものだけしか摂らない」

サンドの時代は今のように冷凍庫などないので、シェーヴルを楽しめるのは、仔山羊が生まれ育つ春先から秋までに限られていた。

シェーヴルはくせがあるという印象をもつ人もいるかもしれないけれど、フレッシュなものは驚くほどあっさりしていてパクパクと食べられる。牛乳と比べると消化に負担がかからないので、健康志向が著しい最近のヨーロッパでは山羊や羊のミルクを使ったチーズの消費が増えていたりもする。

熱々のシェーヴルがのったサラダは、ビストロなどでも定番メニュー。このトーストは皆が好きだしすぐに作れるので、時間がないときのアペリティフや前菜にもぴったりだ。

アスパラガスのオランダ風ソース添え

Asperges sauce hollandaise

材料（4人分）

グリーンアスパラガス20本
バター125g
卵黄2個
水大さじ1杯
レモン果汁大さじ1杯
塩・こしょう

1 アスパラガスの茎の固い部分をのぞいてから、好みの固さに塩ゆでする。
2 ゆでている間にソースを作る。バターをごく弱火で溶かす。
3 卵黄と水をボールに入れ、湯せんで温めながら、泡だて器でもったりするまでよくかき混ぜる。温度が65度を超えると卵が固まるので、ときどきボールを湯から離すなどして温度を調節する。
4 溶かしバターを3に少しずつ加えてさらによく混ぜ、レモン果汁、塩・こしょうで味をととのえて、温かいうちにアスパラガスと一緒にいただく。

第3章

恋人達、友人達

その生涯を通して、サンドは次々に恋をした。
ミュッセやショパンの愛人としてサンドの存在を知った、という読者も数多くいると思う。

その恋模様は、当時からヨーロッパ中の話題の的だった。

サンドの恋の相手は多様で、同業者の作家のこともあれば弁護士のこともあった。また、最後にして最愛のパートナーは、息子の友人で13歳年下の彫版家だった。

ロマン主義華やかりしこの時代、芸術家達はまるで必然であるかのように恋を追いかけ、その体験を語り、書き残している。バルザックやデュマ、ユゴーなど、同時代の男性作家達の派手な女性遍歴は面白がられた。でも、サンドの場合は女性であったという一点の理由から、世間のとらえ方はまったく異なっていた。また、当時のフランスには離婚はできないという法律があったため、1度結婚した人の恋愛はいつでも「不倫」ということになり、サンドの奔放さに眉をひそめる人びとも多かった。サンド自身、自分の恋愛歴を振り返り、「私は女として判断される権利がなかったとしても、男として判断される権利はあるのです」とし、恋愛において誰をも欺いたことがなかったし、同時にふたりを愛したこともなかったと語っている。

サンドが特別だったのは、恋の数だけではない。

ともすると女性が男性の所有物のように扱われていた社会において、サンドはいつでも男性達と対等に渡り合った。むしろ、サンドのほうがまるで保護者のように男性達を守ることのほうが多く、それは当時においてある種特異な状況だった。

当時の多くの男性達は、いや、女性達も、この性を超えた不思議な人物をどうとらえていいものかと戸惑った。

なにか知らないものを目にしたとき、人は恐怖や嫌悪感を覚えることがあるものだ。根も葉もない噂がまことしやかに流れることは日常茶飯事だったし、男装をしたサンドをモデルにした風刺画が新聞の紙面を飾ることもあった。サンドの子ども達も、母親のことでからかわれる辛い経験を強いられた。

そんな苦境にあるサンドについて、ユゴーは友人のヘッツェル*へ向けてこんな手紙を書いている。「ジョルジュ・サンドは、輝かしい心、美しい魂をもっており、進歩へ貢献する度量の広い戦士、時代の炎なので

*ピエール＝ジュール・ヘッツェル　1814-1886　フランスの編集者、小説家。

男装をしたサンドの風刺画（1842年）

す。（中略）私としては、ジョルジュ・サンドが侮辱されている今、彼女を称える必要をこれまでになく感じています」

自由であることの代償は計り知れなかったけれど、サンドは、自分の心の声を聴く勇気を常にもち続けた。そして、宗教や政治的に打ち込むのにも似た情熱で、恋人達へ惜しみなく愛情を注いだ。

サンドにとって、愛は生きる糧であり続けた。息子のモーリスが40歳を前に結婚することになったときには、やがて義理の娘になるイタリア出身の若い女性にこう書き綴っている。「私のかわいいリナよ、私達を信じ、あの子を信じ、幸福を信じてください。幸福は人生にたったひとつしかありません。それは、愛し、愛されることです」

結婚式の日は、皆がリナのブーケのために白い花を摘んだ。そして、その頭にのせる花の冠は、サンドが編んだという。

サンドの愛の先には、個人のエゴを超えた家族愛や人類愛があった。『我が生涯の歴史』の中に、こんな一節がある。「誰かにとって素晴らしい人物になれたならば、皆にとって最良の存在になれる日は近いのです」

この章では、いつでも心の声に忠実に生きたサンドの恋人達、友人達の姿を追ってみよう。

学生　ステファーヌ・アジャソン・ド・グランサーニュ

1820年、パリの修道院からノアンに帰ってきたオロールの前に現れたのが、その初恋の相手となるステファーヌだった。貴族の血を引くこの美青年を探してきたのは、家庭教師のデシャルトル。オロールの科学の先生として申し分のない優秀な学生だった。

ふたつしか年の違わないオロールとステファーヌの間には、すぐさま友愛がめばえた。小さな村ではふたりのことがたちまち噂になり、パリに暮らすオロールの母、ソフィー＝ヴィクトワールも知るところとなった。

若かったオロールとステファーヌの恋は、しかし、結婚につながることはなかった。ステファーヌの家族のほうではオロールの母親が庶民であることが、オロールの祖母はステファーヌの家族が裕福でないことが気に入らなかったようだ。修道院で暮らしている間は世俗の喧騒から守られていたオロールは、このときに身分や金銭のもつ力に直接ふれることになった。

また、一時期はシスターになりたいと願うほどにカトリックに心酔していたオロールが、宗教のもつある面に対して目を開かされる事件が起きた。それは、ノアンから近い村の教会でのこと。ステファーヌを愛しているのかという神父からのあけすけな質問が、ざんげに訪れたオロールをひどく驚かせた。感じやすい年頃でもあり、そんな神父の態度にショックを受けたオロールは、それ以後、その教会に足を運ぶことはなくなったという。

修道院から戻ってきたばかりの夢見がちなオロールは、初恋を通して、世の現実を思い知らされることになってしまった。

夫 カジミール・デュドヴァン

出会いは1822年春。大通りに面した「シェ・トルトーニ」というカフェで、オロールがアイスクリームを食べているときのことだった。

平凡ながらも明るく好感のもてる青年に請われて、オロールは自ら望んで結婚することに。当時の手帳には夢心地だった18歳の女性の気持ちが綴られているけれど、その夢は結婚してから束の間しか続かなかった。第1章でもふれたように、オロールとカジミールとの別れの原因は、ふたりの性質があまりにも違うことだった。

芸術家が、芸術一般にさしたる関心もない相手と長い間一緒に暮らすことはとうてい無理だった。オロールは、いつの頃からか、文学や音楽などについて対等に語り合える同志との出会いを切望するようになっていた。

ふさぎこむことの多かった結婚生活を通じて、サンドは、家庭に入った女性の窮屈さや女性をしばる法律の不当さを思い知った。

サンドのデビュー作である『アンディアナ』（1832年）には、そのときの悔しい気持ちが反映されている。主人公は、インド洋に浮かぶフランスの植民地ブルボン島（現在のレユニオン島）で生まれたアンディアナ。退役軍人であり年上の夫デルマールと若くして結婚したものの、一見紳士風の夫が家庭で見せる粗暴な素顔に失望する。また、デルマールが法律によって定められた夫であることも、アンディアナにとっては問題だった。アンディアナが求めていたのは真の情熱であり、女性を「部屋を整え、炊事をし、お茶を出すペット」にしてしまうような結婚を忌み嫌った。だから、「彼女は夫を愛さなかった。それは、夫を愛することが義務として押しつけられたからだ。彼女のうちでは、あらゆる道徳的なしばりに心の中で反抗することが、第2の天性、行動の原則、良心の法則になっていた……」

　情熱的な恋に憧れるこの若い女性は、社交界の花形であるパリジャンのレイモンとの出会いに心をときめかす。そして、その巧みな誘惑に心を奪われ、レイモンに心も体も捧げる覚悟をするものの、その関係も長くは続かない。女性の情熱をもてあそび、自らは打算でしか動かないレイモンは、アンディアナの知らぬうちに条件のいい相手を見つけて結婚。その裏切りに傷ついたアンディアナは、ブルボン島に戻る。そこに待っていたのが、彼女のことをいつも見守っていたイギリスの貴族ラルフとの新しい生活だった。

1860年頃のカジミール・デュドヴァン

波の音を聞きながら、地位も名誉もないふたりは永遠の愛を誓う。

この作品には、サンドが目指す理想の愛がそのままくっきりと写し取られているようだ。結婚という制度は、夫婦が心から愛し合っているときにだけ輝くもの。かたくなに理想の愛を信じるサンドにとって、心変わりよりも罪深いのは、愛のない相手に身を任せることだった。

女性に隷属状態を強いる当時の結婚制度に苦しんだマダム・デュドヴァンは、自らの体験をベースにした作品を通して、ひとりの小説家として生まれ変わった。

カジミールのほうは、後にフランス南西部のガスコーニュにある家で女中とその娘と平穏な生活を送るようになった。時には、息子のモーリスや娘のソランジュがその家を訪ねてきたという。カジミールのほうでも、ソランジュにワインやメロンのコンフィチュール、がちょうの腿のコンフィ*といった地方名物を届けたり、手紙を送ったりと、子ども達のことを忘れることはなかった。

オロール、そしてその友人達と多少なりとも親交をもったカジミールは、熱心な読書家とはならないまでも、パスカルやセネカからの引用を好むような紳士に育っていた。ガスコーニュでは、この男が一時は酒におぼれたことなど想像もせず、カジミールを「この地方の父」「全能の神」と崇めたという。

カジミールの一生を振り返ったときに思わず頭に浮かぶのは、サンドの初期の作品『モ

*コンフィ
肉を脂で煮て保存、熟成させた料理。

ープラ』。その変化に時間はかかったもの、カジミールは、まるでエドメを愛したことで生まれ変わったベルナールのようだ。

検事代理　オレリアン・ド・セーズ

1825年夏。気持ちがふさぎがちなオロールのため、デュドヴァン夫妻はフランスの南西にあるピレネー地方へ旅をした。旅先でも好きな狩りにばかり明け暮れる夫に辟易していたオロールの前に、20代半ばの美男子オレリアンが現れた。

ボルドー地方の裁判所に勤める検事代理だったオレリアンは、当時21歳だったオロールの目に途方もなく輝かしく映った。ボルドー大学区長だった父をもつこの青年は、詩を愛する心をもつ文化人でもあった。

オロールにとっては、芸術や宗教、文学について語り合える相手を見つけられたことがなによりの喜びだった。オレリアンにとっても、オロールのように学識の深い年下の女性と出会ったことは衝撃的なでき事であり、許婚《いいなずけ》の存在が急につまらないものになってしまった。

オロールと湖で舟に乗って水遊びを楽しんだ際、オレリアンは船の板に「AUR」とふたりの名前に共通する文字を刻みつけたりした。古今東西、あらゆ

オレリアン・ド・セーズ

い。

る恋人達は同じようなことを考えるものだ。恋をしている人達は、愚かしくもかわいらし

彼なりに心から妻を愛していたカジミールは、オロールの変化に気づく。そして、怒るよりも前に動揺した。そして、妻を失いたくない一心で、とにかくその状況を周囲に知られることがないようにという気づかいを見せるのだった。

オロールのほうでは、日々募っていくオレリアンへの気持ちを打ち消すかのように、自分が誰よりも愛しているのは夫だと自らに言い聞かせる日々が続く。宗教的な理由もあり、罪を犯すことを恐れるオロールは、その恋に対して果てしなく慎重だった。また、オレリアンにしても、オロールの善良な夫であるカジミールに対する配慮を忘れたことはなかった。「彼（カジミール）の幸福のために、ぼくらは一緒に努力しよう」とまで言い、ふたりの関係が一線を越えないように自らを律した。また、カジミールもその心をくみ取り、オレリアンをまるで弟のようにかわいがったのだという。

どこか親友のように通じ合ったオロールとオレリアンは、その関係を高貴に保つために、お互いをただただ精神的に愛していくことを誓う。そして、オレリアンに勧められたこともあり、オロールはカジミールに宛てて「告白」を目的とした18ページにもわたる手紙をしたためた。カジミールが芸術に理解のないことがどれほど彼女を苦しめたか、オレリアンがいかにカジミールの態度に敬意を示しているか……。それは、夫と新しい生活を築け

ると信じている若き妻の誠実な告白だった。

その後、オロールの意を汲んだカジミールは、自らも教養を身につけようとけなげに努力する。しかし、悲しいかな、カジミールは読書を楽しむ術をもっていなかった。ノアンの書斎でオロールが過去に読みふけった本を何度か手に取ってみるものの、とうてい最後まで続かない。妻に追いつこうとして始めた読書は、そう長くは続かず、ついに習慣になることはなかった。きっと、新しいことを覚えるには年を取りすぎてしまっていた善良で不幸なカジミール。酒におぼれた理由のひとつは、妻への劣等感だったようだ。

オロールとオレリアンの文通は、あしかけ5年に及んだ。時には、手作りの財布や本などの贈り物のやりとりも。カジミールがボルドーに行く用事があるときは、オロールの手紙を届けてやることもあった。

そんな文通にピリオドを打ったのは、オロール第2子ソランジュの妊娠・出産だった。オロールとカジミールはプラトニックな関係だと信じていたオレリアンにとって、その状況は理解をはるかに超えていた。ソランジュの父親については、サンドの初恋の相手ステファンだという説もあり、真相は謎に包まれている。

サンドとオレリアンが最後に会ったのは、1830年春。精神的な高揚や支えを奪われたサンドは、ノアンでの単調な日々に沈んでいく。生まれたばかりの娘も、空虚な心を満たしてはくれなかった。

オレリアンのほうは、恋の結末に傷つきながらもボルドーで仕事に励み、弁護士として社会的な成功を手にする。美しき野心家であるこの青年の面影は、『アンディアナ』のレイモンに見ることができる。

小説家志望　ジュール・サンドー

1830年夏、パリで7月革命が始まった頃にオロールが出会ったのがジュール・サンドーだった。それは、オロールの亡き父の仲間の息子がノアンの近くで開いた晩餐会でのこと。

当時パリで法律を学ぶ学生だったジュールは、小説家志望のいかにも優しそうな青年だった。白とピンクの頬をした金髪で巻き毛のジュールは、当時20歳。人びとにどこか天使のような印象を与えたという。パリでの革命のことや自由主義について語る雄弁な「天使」は、田舎暮らしのオロールの目に新鮮に映った。

ふたりが親しくなると、とたんに近隣の人びとは口さがなく噂をし、人妻であるオロールを批判するようになった。そんな状況について、オロールは「私は自分の愛情の対象に気持ちを集中させせます」と友人への手紙に書き綴り、陰口に負けない強さを見せている。

当時20代半ばだったオロールは、人目を気にせずに自らにとって大事なことを追いかける力をすでに身につけていた。それは、20代後半で小説家デビューした後、あらゆる揶揄にさらされることになる若い女性にとって、欠かせない武器のひとつになった。

1831年、夫とのいさかいの後にオロールが迷うことなくパリ行きの馬車へ乗り込んだ理由のひとつは、そこにジュールがいるからでもあった。

ノアンから旅立ったオロールの人生は、それ以後、ロマン主義に急速にリンクしていく。1830年代のフランス文学の核となったこの動きは、1789年のフランス革命の精神を少なからず継いでいる。そこで重要とされたのは、個人の解放と高揚。そんな中、なによりも崇められていたのが「情熱」だった。

パリで再会した若いオロールとジュールは、時代の熱気にとりつかれたように雑誌へ寄稿をし、さらに小説『ローズとブランシュ』を共著した。執筆をするのみならず、ちょっぴり怠け者で体の弱いジュールをあやすようにして仕事に向かわせるのが、オロールの役割だった。

駆けだし作家のふたりが暮らすアパルトマンにはほとんど家具もなくガランとしていて、花だけが飾られていた。同じ嗜好を共有するこのふたりは、質素ながらも幸せなそんな生活がずっと続くことを信じていた。それどころか、いずれはオロールの子ども達も一緒に、皆で家族のように暮らせるはずだと、しばらくは楽観的な思いに浸ってい

ナダール撮影によるジュール・サンドー

た。

実際、3歳になったかわいらしいソランジュがパリにいるときは、ジュールはその丸々と太った幼児を「自分の娘」といい、かわいがった。

思ったほど早くやってきた破局の原因は、生来働き者のオロールと、野心だけは立派にあるのに怠け者のジュールの間に生まれたすれ違いだった。朝方まで筆を走らせ、見る間に文壇の寵児としてもてはやされるようになったオロールに、ジュールは恐れをなした。オロールのほうでは、のらりくらりとして仕事をしないうえに、次第に浮気を繰り返すようになったジュールに失望した。はじめは輝いて見えた共同生活は、急速に色あせていく。オロールは、早々に夢から目を覚まさざるを得なかった。

1833年のはじめ。オロールはジュールと別れることを決断し、ご丁寧にも傷心のジュールのためにイタリア旅行を計画。別れる相手のためにパスポートや席まで手配し、旅費まで工面したといわれている。理性が情熱に勝ったとたんに潔く恋にピリオドを打つということを、オロールはその生涯で何度か繰り返した。

その後、多作とは言えないながらもジュールは作家として作品を発表し続け、1859年にはアカデミー・フランセーズの会員になった。その作品には明らかにオロールをモデルにした人物が幾度か登場している。

また、サンドが1842年に発表した『オラース』の主人公には、ジュールの影が感じられる。

女優　マリ・ドルヴァル

ジュール・サンドーとほぼ時を同じくしてオロールが親しくしていたのが、当時の大スターだったマリ・ドルヴァルだった。

美しくセンシュアルなこの小柄な女性は、ユゴーやデュマが脚本を書いた舞台でヒロインを演じるなど、ロマン主義時代を彩る女優の代表格だった。舞台上の彼女の姿に心を打たれた新人作家のオロールは、友人達から吹き込まれたマリの悪評にもかかわらず、この大女優に称賛の手紙を送る。

すると、ある日突然、オロールとジュールが暮らす屋根裏部屋にマリがひょっこりと訪ねてきた。そのときのことを振り返って、オロールはこう書いている。「彼女はチャーミングだった。彼女はきれいだったけれど、あまりにもチャーミングだったので、きれいであることはどうでもいいことだった」

ふたりの女性芸術家はすぐに打ち解け、親密な仲になった。当時、サン

マリ・ドルヴァル

ドの男装が話題になっていたことも手伝ってか、ふたりは同性愛者だという噂も出てきた。でも、本人達はそんな噂はものともしていなかったようだ。

その頃のサンドは、マリ以外にも、多くの文士、宗教家、音楽家などさまざまな分野で活躍する重要人物達との知己を得た。バルザックなどは、たばこはサンドに教わったと書いている。また、作家で政治家のメリメ*と一夜を共にして、パリの社交界で話題になったこともあった。

そんな華やかながらもはかない交際が多い中、マリ・ドルヴァルとの関係はその後も長く続いた。

『我が生涯の歴史』では、この愛する友人のオマージュとして多くのページを割いている。サンドの目に映ったマリは、「子どものように陽気で、人生の最も厳しい道を歩くことを課された悲しくて善良な天使」だった。

サンドと知り合った当時は、人妻でありながら詩人のアルフレッド・ド・ヴィニー*と恋愛関係にあったマリ。後にジュール・サンドーと生活を共にするも、若くて裕福な結婚相手を見つけたジュールに離別されるなど、ロマン主義を体現するようなドラマチックな人生を送った。

ロマン主義の演劇が徐々に勢いを失くし、マリ自身も年齢を重ねるにつれて、パリでの仕事は減っていった。それでも、病気の夫や娘達を養うために、地方を中心にマリは生涯

*プロスペール・メリメ　1803-1870　フランスの小説家。代表作に短編集『モザイク』や、ビゼーの歌劇の原作『カルメン』など。

*アルフレッド・ド・ヴィニー　1797-1863　フランスの作家、詩人。代表作に『サン＝マール』『ステロ』など。

舞台に立ち続けた。三女の長男を「ジョルジュ」と名づけ、その美しい子どもをかわいがったという。

サンドやマリが同性愛者だったかどうかということよりなによりも私達の胸を打つのは、このふたりをつなぐ温かく、かつ情熱的な友情だ。ふたりの共通点は、才能と魅力にあふれる当代随一の芸術家であったことにとどまらない。両者とも、年を重ねても、いつもロマンチックで無邪気な少女のような幼いところがあった。一方で、女性でありながら家計を支える大黒柱として骨身をけずって働いていたという点も、ふたりを分かちがたく結びつけたのだと思う。

共にジュール・サンドーを恋人にしたという奇妙な運命もあったけれど、その友情が揺らぐことはなかった。サンドとマリの軌跡をたどると、「ずっと親友でいましょう」という幼くも尊い夢を実現してしまった少女達を見ているようだ。

サンドの『レリア』（1833年）に出てくる娼婦のピュルシェリや『ルクレチア・フロレアニ』（1846年）のヒロインには、この時代が生んだ類い稀な女優の面影がうかがえる。

詩人 アルフレッド・ド・ミュッセ

1833年6月、雑誌編集長がレストランで催した晩餐会で、サンドとミュッセは隣り合わせに座っていた。『アンディアナ』『ヴァランティーヌ』を発表して名を成したサンドは、『レリア』を書きあげたばかり。男装やたばこをふかす姿も話題になり、当時人びとが最も興味を抱く女性作家になっていた。

一方、弱冠19歳で処女詩集を発表し世間にその才能を知らしめたミュッセは、このとき23歳。光り輝くような美しさには、どこか悪魔的な魅力があった。評論家のサント＝ブーヴは、そんなミュッセを「春そのもの」「青春の天才」と崇めている。最先端のファッションを優雅に身にまとい、洗練された物腰をもつこの金髪青年は、若くしていっぱしのドンファンのような生活を送る快楽主義者でもあった。

サンドは、そんなミュッセに警戒心を抱きつつも、どこか惹かれてしようがなかった。また、軽薄なところがあるミュッセだったけれど、詩人としての才能は確かだった。才能が才能を呼ぶように、ふたりの距離は見る間に縮んでいく。

また、ルソーの「精神的な娘」といわれるほどのサンドにとって、ミュッセの父親がルソーの全集を出版していたという事実がどれほど感動的だったことか……。

ふたりが出会った晩餐会の後に出版された『レリア』は、芸術や宗教に関する哲学的な作品であると同時に、女性のセクシュアリティーを扱う問題作だった。新聞などでも、賛否両論の意見が激しく闘わされた。そんな中、この本を一読したミュッセは、サンドにすぐさま称賛の手紙を書き送る。そして、その手紙の中には、世にもシンプルでありながら、時になによりも読み手を喜ばせる一文が紛れ込んでいた。「ジョルジュ、僕には、あなたに伝えたい、愚かでくだらないことがあるんです。(中略)僕は、あなたを愛しています」

夏のパリで、愛し合うふたりは幸せだった。

その年の12月。以前から予定していた通りにヴェネチアに向かうジョルジュの隣には、当然のようにミュッセが座っていた。その頃にはすでに、離れて暮らすことなど考えられなくなっていたのだ。恋人達は、ロマン主義の芸術家達がこぞって憧れる国へ意気揚々と旅立つ。

ところが、希望に満ちたふたりを待っていたのは病、そして裏切りだった。旅の疲れから病床についたサンドをひとり残して、ミュッセは歓楽街へ足を運ぶ。そして、ようやくサンドの健康が回復すると、今度はミュッセが病に侵され、幻覚を見ては叫ぶようになった。

そして、サンドは、そこに看病にやってきた頼もしく誠実なイタリア人医師パジェッロに急速に惹かれていく……。ミュッセの裏切りを知り自らのことを自由だと感じていたサンドは、迷うことなくパジェッロを恋人にした。当然ながらミュッセは怒り狂ったものの、サンドの心を取り戻すすべもなく、翌年春にはすごすごとパリへ引

アルフレッド・ド・ミュッセ

き返すことになった。

ここで一見終わりを告げたかのように見えたふたりの関係は、まるでそこから新しい章が始まったかのような展開を見せる。この頃のサンドは、パリのミュッセに宛てて情熱と慈愛が入り混じったようなラブレターを書き送った。「私達は一生愛し合うのだと感じています」と書いた手紙の中で、サンドはその母性愛に近い気持ちも吐露している。「あなたを見守って、あらゆる悪や心配からあなたを守ること、気晴らしや快楽であなたを包むこと。それが、あなたを失ってからというもの、私が感じている欲であり悔いなのです……」

その4カ月後、サンドはパジェッロを伴ってパリへ戻る。ヴェネチアではいかにも頼もしかったパジェッロは、パリでは無力な外国人として歯がゆい日々を送ることに。サンドはといえば、この人の好いイタリア人医師への恋心を、ヴェネチアに置いてきてしまったかのようだった。

そんな中、サンドとミュッセの間で交わされる止むことのない文通に、パジェッロは嫉妬を覚える。でも、ミュッセがヴェネチアでそうであったように、パリでのパジェッロにはサンドの心を取り戻すことはできなかった。それに、ルソー風の手紙を書いてよこす天才のミュッセには、パジェッロじゃなくても、誰も対抗することはできなかっただろう。傷心のパジェッロが10月に故郷へ帰っていくと、サンドとミュッセは再会。終わったと思っていた恋が復活した。当時、ふたりの間で交わされた手紙からは、濃厚な愛が香り立つようだ。

しかし、その官能的な関係はついにふたりに平安をもたらすことはなかった。自らは浮気癖があるミュッセだったけれど、意中の女性には自分だけを見ていてほしいという気持ちが人一倍強かった。ヴェネチアでの悪夢を繰り返すかのように、情熱があるがゆえの口論が絶えまなく続く……。

はじめに別れを切り出したのは、ミュッセだとされている。闘いのような恋愛中、サンドが自らの黒髪を切って送り、ミュッセの心を引き留めたこともあった。

サンドが作家としてデビューした頃から親しくしていた画家のドラクロワが、この頃のサンドを描いている。その髪は肩のあたりに短く切られ、大きなその眼はうつろで、まるで病人のよう。いかにも焦燥しきった様子が、手に取るようにうかがえる。

どんなことがあってもたゆむことのなかったサンドの執筆活動が、感情の波やそれが生む疲れによって滞ることも出てきた。1835年3月。サンドはとうとうすべてに耐え切れなくなり、ミュッセをパリに残して休息の地ノアンに帰ってしまった。

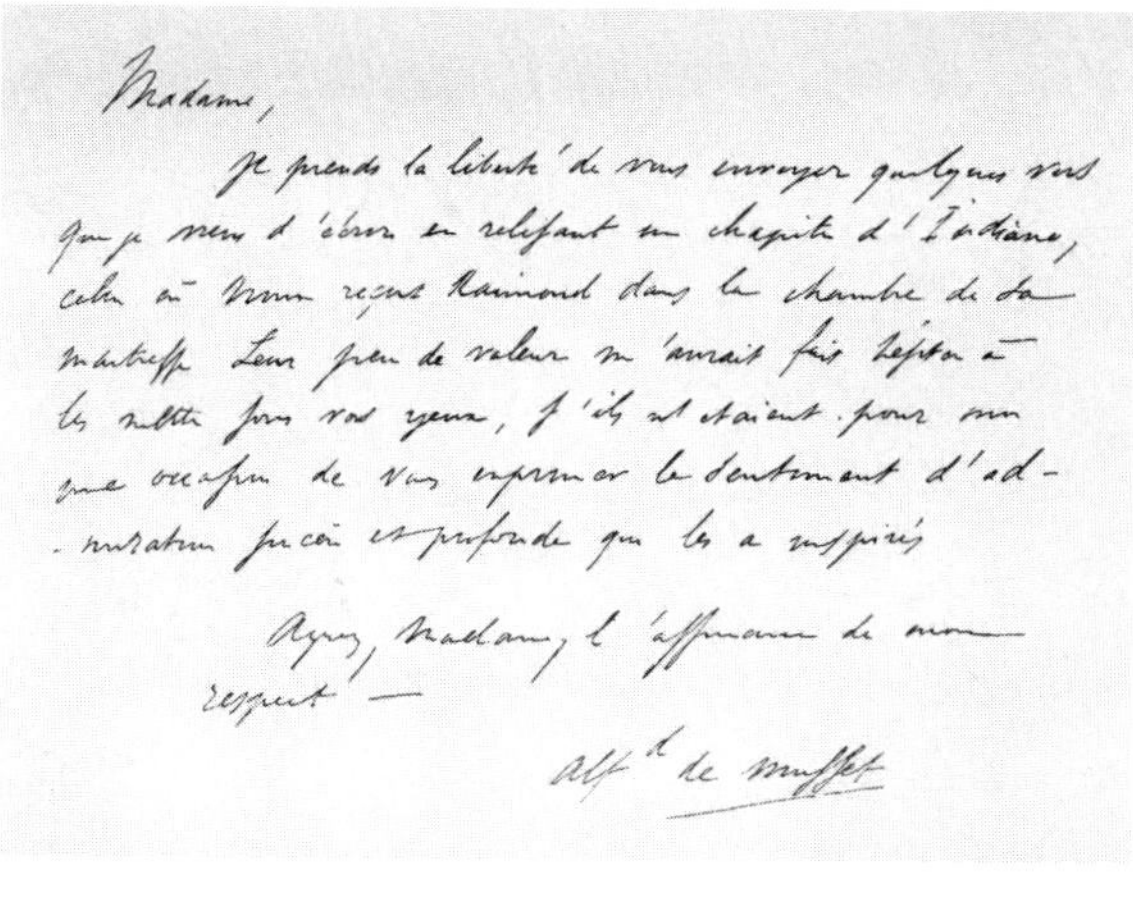
Madame,

Je prends la liberté de vous envoyer quelques vers que je viens d'écrire en relisant un chapitre d'Indiana, celui où Noun reçoit Raimond dans la chambre de sa maîtresse. Leur peu de valeur m'aurait fait hésiter à les mettre sous vos yeux, s'ils n'étaient pour moi une occasion de vous exprimer le sentiment d'admiration sincère et profonde qui les a inspirés.

Agréez, Madame, l'assurance de mon respect —

Alfd de Musset

はじめてサンドへ宛てたミュッセ直筆の手紙（1833年6月24日）

別れの後にミュッセが出版した『世紀児の告白』（１８３６年）に出てくるオクターヴは、ブリジットの前を去るときにこう言っている。「あなたのことを、僕以上に理解する人は出てこない」

ミュッセは、その後、サンドを超える女性を見つけられないままに46歳で亡くなった。現代の読者にも読み継がれているこの作品は、ピート・ドハーティとシャルロット・ゲンズブール主演の映画『詩人、愛の告白』（２０１２年）の原作にもなっている。

ミュッセの死後、サンドは『彼女と彼』（１８５９年）を執筆し、ヴェネチアでのふたりの日々をよみがえらせた。６２０ページにも及ぶこの大作を、サンドはたったの25日で書きあげたという。多作で知られるサンドにしても、この速さは異例のことだった。

弁護士　ミシェル・ド・ブールジュ

ミュッセとの恋に疲れ果てたサンドが出会ったのが、有能な弁護士として著名なミシェルだった。共和国の理想に燃える37歳のこの男性は、サンドのかつての恋人達と違って見かけの美しさとは無縁だった。頭はすでにはげあがっていたし、身なりにもかまわないその姿は、小柄な老人のよう。ただ、この小さな男性は、話し出すと異様な力で聞く人びとを魅了した。また、その青白い顔は人を怖気づかせることもあったけれど、その眼差しにはなにかしら温かさがにじんでいた。

1835年4月。サンドとミシェル、そして両者の共通の友人3人は、夜の7時から朝の4時まで語り合った。『レリア』を読んで感動していたミシェルは、その作者の魅力にすぐさま夢中に。出会って3カ月後には、新しい恋が始まった。

ミシェルは、サンドがそれまでに会ったことのない人物だった。怠け者の恋人に慣れていたサンドにとって、自分よりも働き者でバイタリティーにあふれるミシェルは特別な存在になった。何事にも秀でた彼女を、時には「君はばかだなあ」と言ってからかえるのも、ミシェルの他にはいなかった。父親を早くに亡くしたことも手伝ったのか、はじめて出会った頼りがいのある男性にサンドは身も心も奪われる。

ミシェルは、個人の幸せにとらわれず、民衆の幸せのために働くことについての揺るがない信念をもっていた。間もなく、サンドのパリの自宅は共和派の集う場所になり、一時は当局の監視下に置かれるほどに。1836年に出版された『シモン』の主人公には、ミシェルの思想が濃く反映されている。

一時期のサンドはミシェルと暮らすことを心から望むようになったものの、一方では、高圧的で横暴なところのある愛人に少しずつ幻滅していった。いくら恋していたとはいえ、盲目的に人の言うことを聞くには、サンドは聡明でありすぎ、歳をとりすぎてもいた。また、既婚者であったミシェルのほうは、口

ミシェル・ド・ブールジュ

約束はしたものの妻の元を離れることはなかった。

なお、ミシェルと並んでサンドの思想に大きな影響を与えることになった人物として、宗教家のフェリシテ・ド・ラムネ*がいる。また、同じくラムネを師とあおぐ音楽家のリストとは、信仰心や民主的な思想を共有し、親しく交際するようになった。1836年末頃には思想家のピエール・ルルーと知り合い、長期にわたり師弟愛で結ばれた。一連の社会主義小説にはルルーの影響が深く刻まれており、『スピリュディオン』（1839年）などは、ルルーが代筆したという説もあるほどだ。

この師匠をこよなく尊敬するサンドは、大家族を抱えるルルーが経済的に窮地に陥ると、ためらいなく援助したという。また、後に、大統領となったルイ＝ナポレオンによる迫害を恐れてルルーが亡命すると、ルルーをはじめとする社会主義者達を助けるために我を忘れて奔走した。

サンドは会うことはなかったが、父方の祖父であるド・フランクイユ氏は、見返りを求めずに芸術家達を擁護して、そのために多額の借金を背負うような人物だった。サンドの寛大さからは、そんな豪儀な祖父の血も感じる。

*フェリシテ・ド・ラムネ　1782－1854　フランスの思想家、聖職者。著書に『大革命の進歩および教会に対する闘争』など。

音楽家　フレデリック・ショパン

1836年にあるサロンでショパンと出会ったサンドは、どこかはかないところのある音楽家に心惹かれた。その当時サンドには愛人がいたものの、気持ちはすでに冷めていた。ショパンのほうでは、サンド独特の立ち居振る舞いを前に「本当に女なのか」と友人に感想をもらしたという。

その頃のショパンは、婚約者のマリア・ヴォジンスカに夢中だった。また、社交界に流れるサンドの華やかすぎるほどの恋愛遍歴は、ショパンの耳にも入っていたに違いない。この年の夏、サンドからのノアンへの招待も断ってしまった。

その後、ショパンははっきりした理由もなくマリアから離縁を告げられる。そんな中、病弱なショパンを見守る聖母のような面もあるサンドと徐々に距離を縮め、1838年には9年にわたるその関係がひっそりと始まった。祖母の影響もあり音楽の知識が豊富だったサンドは、今のように有名ではなかったバッハの音楽をショパンに紹介するなど、仕事の面でもショパンに影響を与えた。

その夏、ノアンでピアノを弾くショパン、そしてその調べに耳を傾けるサ

サンドが描いたショパンの肖像

ンドの様子を、ドラクロワの絵筆がとらえている。ノアンに3回長期滞在をしたこの画家は、半開きの窓から庭に流れてくるショパンの音楽が、ナイチンゲールの鳴き声やバラの香りと混ざる様などを自慢げに友人に書き送っている。

そんな、楽園のような生活に影を差すのが、結核からくるショパンの咳だった。11月になると、そんな病弱なショパンだけではなく、前年にひどいリューマチで苦しんだ息子のモーリス、そして娘のソランジュを引き連れて、サンドは地中海に浮かぶスペイン領のマヨルカ島へと旅立つ。パリの社交界に残りスキャンダルの対象にされるのには辟易していたし、恋人と息子の健康には、太陽の光が一番の良薬だと考えていた。ショパンにしても、パリでサンドとの恋が公になるのは避けたかった。家族思いのショパンは、祖国ポーランドにいる両親を心配させたくないという思いが強かったようだ。

バルセロナの都から出発した蒸気船は、マヨルカ島のパルマに到着した。天候に恵まれたこの航海は、恋人達に詩情に満ちた美しい日々をもたらした。ショパンの夜想曲第12番ト

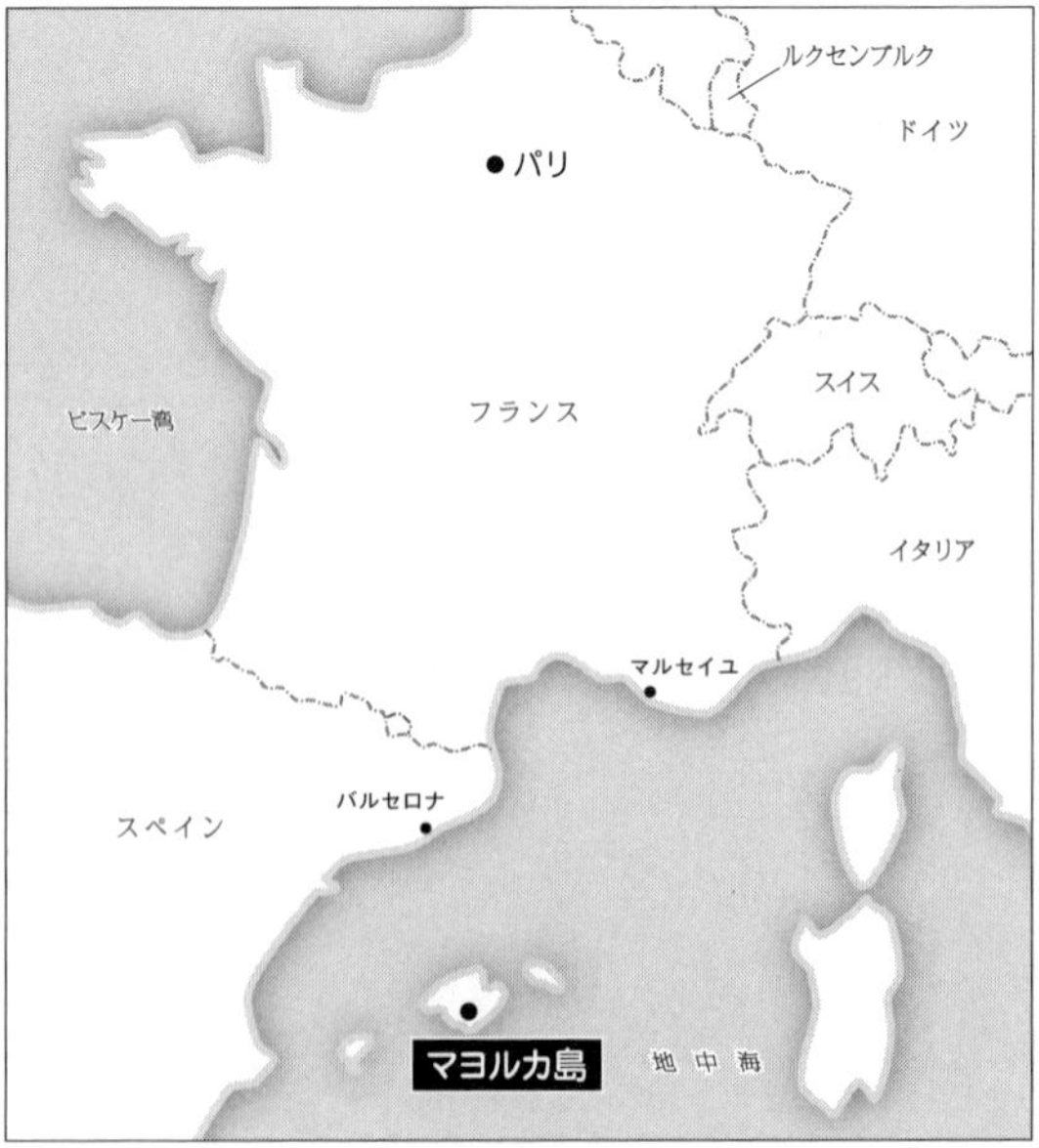

長調作品37－2は、そのときの思い出が元になっているといわれている。

それから1カ月、サンド一行は島に降り注ぐ光に祝福されるように過ごした。自然の中で健康を取り戻したショパンは、新しい人生への期待を友人に書き綴る。

しかし、はじめは理想的に映ったその島での生活は、短い夢のようにもろいものだった。12月、大雨の到来。ショパンの咳は、結核感染を恐れる島民達を遠ざけた。また、信仰深い彼らにとって、ミサに行くことのないサンド一行はとても理解できない存在だった。

そんな島民の目を避けるように移った先が、バルデモーサ。サンドは、この地の山中にある修道院内に部屋を見つける。そして、心身を病むショパンを献身的に看病しながら、子ども達の勉強をみた。そして、夜が訪れて静かな部屋でひとりになると、書きかけの『スピリュディオン』の執筆に気持ちよく打ち込み、『レリア』の改訂にも取りかかる。この旅にかかる費用を捻出しなければならないという、いたって現実的な事情もあった。

この頃、ショパンのほうは、雨音を聞きながらプレリュード第15番変ニ長調作品28－15を作曲している。

翌年2月フランスに戻ることを決めたのは、ショパンの体に島の湿気が合わないことが明らかになったからだった。過酷な条件の船旅の疲れをいやすためにマルセイユに3カ月滞在した後、一行は、その後、6月になりようやくノアンに到着。その後、秋までを静かに過ごした。

芸術家としてのショパンを尊敬していたサンドは、ピアノの音がよく響くようにとショパンの要望通りに部屋を整え、毎年、プレイエル*に最新のピアノを注文した。そして、隣の部屋で自らの原稿に向かいながらも、病弱なショパンが寒さから風邪をひくことがないようにと、その様子を気づかうのだった。

また、乗馬が不得手なショパンと一緒に出かけるためとなれば、サンドはより乗り心地がよいロバを探すなどの手間を惜しまなかった。根っからの都会好きだったショパンは、それでも、田舎暮らしを心底愛するようにはならなかったけれど……。

サンドと過ごした最初の数年間は、ショパンの一生の中でおそらく最も幸せで輝かしい時間だった。どこか母親のようでもある恋人が心を尽くして作った最高の環境の中、ショパンは、現代でも私達の心を動かすような傑作の数々を創作した。

冬になるとふたりがパリへ向かったのには、ノアンでの生活にはお金がかかりすぎるという理由もあった。生来気前がよいうえに世話好きのサンドは、たとえ自分が借金を抱えている時期でも、ノアンの城に人を招待することを止めることも、貧しい農民を無視することもできなかった。

ひとたびパリに着くと、サンドは社会主義者達との会合に足しげく出かけて行った。王党派のショパンは、そんなサンドを愛してはいても、そのすべては理解できない。治る兆候のない結核に苦しめられていたうえ、恋人に対する不信に苦しむこともあった。どんな

*プレイエル
1807年に創業したフランスのピアノ製作会社。

ときにもなぐさめになってくれたであろう家族は皆、遠く、祖国のポーランドだった。音楽家は、その切なさも絶望感も、すべてピアノに託していった。

そんな中、幼かったサンドの子ども達はそれぞれ成長していた。はじめはショパンを慕っていた息子のモーリスは、母の溺愛を受ける音楽家に次第に嫉妬するようになっていった。一方、美しく成長したソランジュは、母親に自らの存在を見せつけるかのようにショパンに懐くと同時に、この世俗離れした音楽家をたくみに誘惑していく。家族の関係は徐々にゆがみ、ハーモニーはいとも簡単に乱れた。

1846年11月、モーリスとの不仲が直接の原因となり、ショパンはノアンを去ることになった。このときのサンドは、天才音楽家である神経質な恋人よりも、凡庸ではあるものの自分にいつでも忠実な愛息の肩をもった。

翌年は、サンドにとって生涯の中でも最も苦しい1年だったともいわれている。ショパンとの別れの後、ソランジュが半ば衝動的に結婚相手として選んだクレザンジェとのいさかいは、サンドの心身をむしばんだ。将来有望な彫刻家をきどっていたクレザンジェは、借金を抱えた浪費家であるうえに粗暴な男で、その後もサンドの平安を乱す存在であり続けた。

それでもサンドの筆が滞ることはなく、この年には『ルクレチア・フロレアニ』を発表。サンド自身はそれをきっぱり拒否したものの、パリの社交界では、気難し

ソランジュ
（オーギュスト・クレザンジェによるパステル画）

くエゴイストな主人公はショパンをモデルにしているとささやかれた。

ノアンでサンドが娘夫婦と渡り合っている間、ショパンはパリで過ごしていた。サンドは、ショパンと同居している女性達に手紙を送り、ショパンの健康のために換気をすること、朝にはショコラ・ショーやスープを用意することなどを注文している。別れてもなお、サンドは、影ながら母親のような気づかいを見せるのだった。

サンドがショパンと最後に会ったのは、ノアンで別れてから9カ月後の1848年3月のこと。ソランジュが女の子を産んだことを、ショパンの口からはじめて聞かされた。

2月革命の余波の残るパリで、サンドは匿名ながらも臨時政府の発行する『共和国広報』に執筆するなど、革命が巻き起こす熱狂の渦に巻き込まれていった。ところが、新しいその政府は民衆の心をつかむことができず、それを察したサンドは5月にはノアンへ引き返す。6月には、反政府運動を起こした労働者が数千人命を落とすことになった。

その年の12月には、ナポレオンの甥であるルイ=ナポレオンが大統領に……。サンドが若い頃から育んできた思想を体現する共和国は、定着する間もなく崩壊してしまった。フランスの政治は、ナポレオン3世と名を変えたルイ=ナポレオンによる第2帝政へと向かっていく。

ショパンは、翌年の秋に39歳の若さで亡くなった。

ふたりが一番幸せだったのは、春から秋を共にノアンで過ごした1841年からの6年間だったように思う。花や緑に囲まれた静かな田舎にある小さな城で、ショパンはなにも心配することなく作曲に打ち込み、多くの傑作を生んだ。

そして、生まれ育った城館の仕事部屋で、ショパンの指から生まれる音楽を聴きながら原稿用紙に向かう喜び……。その至福は、サンドにしか分からない。音楽をモチーフにした大作『コンシュエロ』（1843年）は、ショパンとの年月なしには生まれ得なかった。

彫版家 アレクサンドル・マンソー

1849年のノエル。愛息モーリスが、友人で彫版家のアレクサンドル・マンソーを連れてノアンにやってきた。サンドはそのとき45歳。マンソーは、モーリスより5歳年上の32歳で、すらりと背が高い他にとりたてて特徴のない人物だった。

華やかなところはなく、労働者階級の出身で、無口な職人肌のこの男性が、理想の愛を求め続けたサンドの心をつかんだ。なにかにとりつかれたかのように恋をし、別れの度に自分自身も相手も傷つけてきたサンドにとって、マンソーは安らぎをもたらしてくれるはじめての恋人とな

ナダール撮影によるアレクサンドル・マンソー

った。「そのエスプリによって信じがたい芸術家」である労働者階級のマンソーは、自己を忘れてサンドを愛で包むことを知っていた。

幸福について、サンドは48歳のときにこう書いている。「完全に個人的な情熱を叶えることは陶酔、もしくは快楽というものであって、幸せではないのです。幸せとは、継続するもの、壊れることのないもので、そうでなければ幸せとは呼べないのです」

マンソーは、それまでの恋の相手とはまったく違うタイプだった。後代まで語り継がれるような優れた芸術家ではなかったし、特別容姿が秀でているわけでも、知能が優れているわけでもなかった。でも、マンソーには何事にも動じることのない安定した精神と、自活するための職をもっていた。つまり、それまでの多くの愛人と違い、サンドがなにかしら世話をしてやる必要のない自立した男性だったのだ。

マンソーは、日記の中ではサンドのことを「マダム」と呼び、敬愛する女性を助けることに喜びを見出していた。暮らしにつきものの雑事一般をそつなくこなし、サンドが執筆に集中できる環境を整えることに成功した。

サンドは書いている。「彼は必要なことすべてに気を配り、私に一杯の水を持ってくるのにも、煙草に火を点けるのにも、一生懸命なのです……。どんな待ち合わせのときでも、1分も待たされたことはありません……。病気になっても、彼が私の枕を整えて、スリッパを持ってきてくれるのを見るだけで、私は治ってしまいます」

城館の部屋の壁紙を張り替えるときも、マリオネットを上演するときも、いつもサンドの隣であれこれと器用に立ち回って助けになった。

身の回りの世話だけではなく、マンソーは、原稿の清書などを通してサンドの仕事も進んで手伝った。どんな場面にでもサンドにつき添い、できることはすべてした。サンドが共和派の友人を救うために奔走していた時期などは、疲れ果ててペンを持てないサンドに代わって手紙をしたためた。サンドが溺愛していた孫娘のニニを一緒に世話をして、この可哀想な女の子が亡くなったときには共に泣きくれ、その死に顔をスケッチした。

その一方で、働き者のマンソーは、生活費を稼ぐための彫版の仕事を忘れることはなかった。怠け者であったり、病弱であったりする愛人に慣れていたサンドの目に、マンソーの勤勉ぶりはまぶしく映った。まるで初恋に夢中になっている少女のように、サンドは「私は彼を愛しているのです」と信頼できる友人に書き送っている。マンソーのほうでも、世界中どこを探してもいないこのユニークな女性を心から愛し、その女性と一緒に暮らすことにそれまでに味わうことのなかった充実感を見出していた。

サンドとマンソーの間には強固な愛情と友情、敬愛の気持ちがあり、上下関係ではなく、相互関係で分かちがたくつながっていた。ふたりとも、時には男性のように、時には女性のようにふるまうことを知っており、それを楽しんでいたようなふしもある。

息子のモーリスは、ショパンのときと同様、母の愛情が他の男性に注がれるのに耐えられずに嫉妬した。ショパンのときには息子の肩をもったサンドが、このときはマンソーに寄り添った。

1857年の夏、マンソーは小川の流れる村ガルジレスにふたりだけのための小さな家を買った。乏しい財産はすべてそのために使ってしまったけれど、マンソーは誰よりも幸せだった。サンドはここを「天国」と呼ぶようになり、どこか少女時代の延長のような牧歌的な日々を過ごした。

ノアンからそう遠くないクルーズ県にあるこの地では、サンドは城主としての義務から解放されてのびのびと過ごせた。そして、マンソーはどこにいても引っ張りだこのサンドを独り占めする喜びにひたった。また、自然への愛情を共有するこのふたりは、この地の豊かな緑と多くの昆虫にも夢中になった。

マンソーと過ごした15年の間、サンドはそれまでになく穏やかな気持ちで机に向かうことができた。26冊の小説に20ほどの戯曲。それ以外にも、大量の手紙や記事を残せたのは、マンソーという分身がいたからに他ならない。

1865年、マンソーは結核で亡くなる。サンドは、それから間もなく『最後の愛』の執筆にとりかかった。

ドラクロワやミュッセ、ナダールなど、サンドをモデルにして作品を残した芸術家は多い。でも、サンド自身は自らの外見に特別注意を払っていないように見える。

『我が生涯の歴史』には、それでも、読者への義務のように自分の顔についてこう書いた。

「黒い目、黒い髪、ありきたりな額、顔色は青白くて、かたちのよい鼻をしている。あごは丸くて、普通の口。身長は4足10親指（約155㎝）、特筆すべきこと、無し」

サンドには、外見を整える以上に大切なことがいくらでもあった。「はつらつとした目を保つために仕事をしないことや、神のもたらす立派な太陽が照っているときに太陽の下を走らないことは（中略）、私にとって考えられないことだった」

でも、サンドがどれほど徹夜をしようと、どれほど悲しみに打ちひしがれようと、父譲りの美しい目は変わらない輝きを保っていた。

1838年にノアンを訪れたバルザックはこう書いている。「私はノアンの城館にサムディ・グラ*の7時半頃にたどり着いた。同志のジョルジュ・サンドは、人気のない広々とした部屋にある暖炉のそばで、部屋着をまとって食後の葉巻を吸っているところだった。フリンジで飾られたきれいな黄色のスリッパとおしゃれな靴下、赤いズボンを身につけていた。以上が精神的面である。身体についてはというと、彼女の顎は祭式者のように二重になっていた。怖ろしい不幸に見舞われたのにもかかわらず、1本の白髪もなく、褐色の肌色は変わらず、その美しい目もやはり輝いていた。彼女がなにかを考えているときは、

*サムディ・グラ　カトリック教徒が肉を食べることを許されている祭日にあたる土曜日。

すっかり腑抜けにも見える。本人にも伝えた通り、彼女をよくよく観察してみた結果、彼女のすべての特徴は目に集約されている」

　1852年、イギリスの詩人エリザベス・バレット＝ブラウニング*は、「ジョルジュ・サンドに会わずには死ねない」と、パリのサンド宅を訪れた。そのときのサンドは、まるで信奉者に囲まれた祭司のようだったという。といって、饒舌なのはその「すばらしい目」だけで、なんらかの神託を下すわけでもない。「彼女はジョルジュ・サンドだった。そして、それだけで十分だった」と、詩人は知人への手紙に書いている。

　サンドが知性にあふれる女性だったことは誰もが認めるところだけれど、決しておしゃべりではなかった。本人も、ノアンを離れてパリで暮らし始めた頃に、マリ・ドルヴァルに宛ててこんな手紙を書いている。「私は社交が苦手で、愚かで、考えたことを口に出すのが本当に遅くて、不器用で、心がいっぱいになっているときにはきまって無口になってしまうのです」

ノアン館のサンドの部屋

　そんな風に、特別に美しくもなく、若くもなく、裕福でもなく、会話術に長けていたか

*エリザベス・バレット＝ブラウニング　1806－1861　イングランドの詩人。代表作に『ポルトガル語からのソネット』、『オーローラ・リー』など。

らでもないサンドだったけれど、その晩年まで、その信奉者は増えるばかりだった。フロベールはサンドに「親愛なる先生」と呼びかけ、アレクサンドル・デュマ・フィスは「愛しいママン」と慕った。どこかおっとりしたサンドの態度は一生を通じて変わらなかったらしく、1863年にノアンを訪れた作家のテオフィル・ゴーティエ*などはこう書いている。「マダム・サンドは穏やかそのものです。煙草を巻き、その煙草を吸って、少しだけ話します。というのも、朝の3〜4時まで働いている彼女は、正午から1時くらいまでは夢遊病者のようなのです。そのあと少しずつ目覚めると、皆に少し遅れをとって、デュマの言葉遊びに気づいて笑うのです」

写真家のナダール*が、その頃のサンドをカメラにおさめている。真中で分けた髪。髪には白いものが混ざっているものの、知性と活力にあふれんばかりの目はそのまま。貴族の血が流れているこの誇り高い女性からは、一方で、まるで料理女のような温かさがにじみ出ている。

ギュスターヴ・フロベール

アレクサンドル・デュマ・フィス

テオフィル・ゴーティエ

*テオフィル・ゴーティエ
1811-1872　フランスの詩人・小説家。代表作に『死霊の恋』など。ベルリオーズ作曲の「夏の夜」はゴーティエの詩集に基づいている。

*ナダール
1820-1910　フランスの写真家。サンドをはじめ、ドラクロワ、ボードレールなど、多くの文化人の肖像写真家として著名。日本からの横浜鎖港談判使節団も撮影した。

ドラクロワが描いた
ショパンといた頃のサンド（1838年）

若くして夫と離れ、母親としてだけではなく、父親としても子どもに接することを習慣にしてきたサンドには、常軌を逸するほどの寛大さがあった。愛情にも他のなににおいても気前がよく、自分のもつ財力や才能を近親者や他人に惜しみなく与えた。

　サンドの大きな人間愛には、老若男女の心を温かくして溶かすようなところがあったのだと思う。

　息子モーリスの妻となったリナ・カラマッタは、モーリスへの愛というよりも、その母親への敬愛の気持ちから結婚を決めたのだと告白している。サンドもこの愛らしい女性を自分の娘のように大事にして、その人柄、心地よい歌声や料理の腕などをことあるごとに褒めた。家族のように親しくしていた友人のジャーナリスト、エドモンド・プロシュに宛てた１８６９年の手紙にはこう書いた。「リナは、２頭の牛を飼っています。彼女は、とても美味しいバターやフロマージュを作るんですよ」

息子モーリスの妻
リナ・カラマッタ

第4章

ママは総合芸術家

夢を見続ける芸術家であるジョルジュ・サンドは、地にしっかり足のついた女性でもあった。父親を早くに亡くしたために、母親を守る騎士のように育った面もある。あまり得意分野ではなかったようだけれど、財産である土地の管理法なども、子どもの頃に家庭教師から教わっている。

城主であり主婦であるオロール・デュパンは、ノアンの小さな城を心地よく保つために、自らの手足をよく動かした。すでに見たように、料理にも並々ならぬ関心を寄せていた。また、時に深く悩まされながらも、良き娘、良き母でいたいという切実な気持ちをもち続けた。孫が生まれると、身も心も捧げるようにあふれんばかりの愛情を注いだ。

なによりも近親者を愛する女性であったサンドは、一方で、作家としてのアイデンティティーを片時も忘れることはなかった。1830年から1876年に亡くなるまで、その筆はいつでもインクにぬれていた。頭痛に悩まされるなど、常に完全な健康に恵まれていたわけではないうえに、プライベートでも不安定な時期が長かったものの、執筆のリズムがくずれることは稀だった。

若き日にノアンを去って文筆活動を始めた頃、息子の家庭教師であり、絶大な信頼を寄せているブーコワランに宛ててこんな手紙を書いている。「私はこれまでになく文学の道をたどる決心をしています。時には嫌気がさすこともありますし、怠慢と疲れのために仕事が滞る日々もあります。私の暮らしは質素を通りこすひどいものではありますが、それでも充実していると感じています。私には目的、責務があります。そう、私には情熱があるということなのです。書くという仕事に対する情熱は激しく、揺るぐことがないほどのものです。その情熱が哀れな頭に取りつくと、それはもはや頭から離れられなくなってしまいます」

実際、サンドはその情熱を晩年まで忘れることはなかった。作家という職業は彼女の天職であり使命だったから、その喜怒哀楽はすべて原稿用紙に写し取られた。出会って数カ月の恋人と旅行をしているときでさえも、夜中に執筆をし、その間はドアに鍵をかけるという念の入れようだった。

この章では、この作家が家族や身近な人びとに見せた素顔を追いつつ、その暮らしや考え方をたどっていく。どんな逆境においても信念を貫き、あらゆる事柄に善意をもって誠心誠意取り組むその姿には、「よくぞここまで」と拍手を送りたくなる。

辛い幼少時代を送り、若い頃には自殺願望と闘う年月も体験したサンドだったけれど、その情熱は最後まで彼女を支えた。生きることへの賛歌であるようなその人生と作品とは、遥か時代を超えて、私達を励まし、また祝福してくれる。

サンドと家事、または暮らしの達人

サンドにとって、文学は確かに情熱の対象であり続けたけれど、それよりも大事なのは生命の光を放つ人間だった。弟のように親しくしていた芸術至上主義のフロベールに向けて、こんな手紙を書いている。「あなたがいう神聖な文学にしても、私にとっては人生において第二義的なものに過ぎないのです。私はいつでも文学よりも誰かひとりを愛してきましたし、その誰かよりも私の家族を愛してきたのです」

また、『我が生涯の歴史』にはこんな一節がある。「私は家事一般を嫌だと思ったことはありません。私は、雲から降りることのできない、崇高なエスプリをもつ皆さんとは違うのです。私は確かに長い時間を雲の上で生きていますが、だからこそ、地上にしばしば降りてくる必要を感じるのです」

すでに見たように、家事が得意だった母親のことを、サンドは誇らし気に書き残している。また、長男出産に向けて編み物をしていたときには、その道の「達人」にふれているし、コンフィチュール作りは本作りにたとえた。生活の中に光る芸術性にふれて成人したサンドには、家事一般をただの繰り返しではなく、一種の文化としてとらえているようなところがあったように思う。

リストがノアンの城館にやってくることになったときは、母親にこう書き送っている。

「私達は、ここ数日、私の化粧室の壁紙を貼って、こぎれいな小さい部屋を作りました……。私達は、お母さまのこと、お母さまの熱意、こういった大がかりな作業での手際のよさ、よい趣味、そして釘をうちつける情熱のことを思っています。私などは、首をひどく痛めてしまいました」

第1章でふれたように、結婚前後、また結婚してからも、サンドは母親と分かり合えないことに苦悩した。それでも、こうやって折にふれて手紙を書いたり、パテやコンフィチュールを届けたりと、幼い頃に女神のように慕った母親に、サンドは常に愛情をもち続けた。

1837年8月19日。病に倒れていた母親、憧れだった母親が、どこかサンドの娘のようになって亡くなっていった。死後5日後、サンドは、友人の医師であるギュスターヴ・パペへの手紙にこう書いた。「その最後の言葉は〝髪を整えてくれるかい〟というものでした。可哀想な、ちっぽけで愛らしい女性！　母は、繊細で、頭がよく、芸術家で、心が広くて、小さなことに怒り、大きなことには立派な人でした。彼女にはずいぶん苦しめられましたし、私の最も大きな不幸の数々も彼女からもたらされたものだったのです。でも、人生の終わりにはしっかりとその埋め合わせをしてくれました。母が私の性格をとうとう理解して、すっかり認めてくれたことに満足を覚えています。私は、母のためにすべきことはすべてしたと認識しています……」

その翌日にマリ・ダグーに書いた手紙は、読む者の心を静かに打つようだ。「母はごく静かに、まったく苦しまずに逝きました。翌日の朝、その体はベッドで固くなっていました。遺骸を抱きしめながら、不満を抱えていた日々に私がしばしば幻想だと信じていたはずの、血の力や自然の声といったものを感じました……。私の哀れな母はもういないのです！　彼女は太陽が照る中、死に思いをはせることなどなく、蝶々がひらひらと飛び交っている美しい花々の下で休んでいます。私は、モンマルトル墓地で、この墓の陽気さに打たれました。素晴らしい天気の中、私は、なんでこんなに涙が流れるのかと自問していました」

サンドはそのとき33歳だったけれど、モンマルトルで涙を流して泣いていたのは、心のどこかで生き続けている小さなオロールだったのだと思う。多くの人びとにとって、親と別れるその瞬間は、いかにも絶望的で恐ろしいものに違いない。少しでも母親の姿が見えなくなると泣き叫ぶ、小さな赤ん坊に戻ってしまう。

どこよりもパリを愛した自由なパリジェンヌだったソフィー＝ヴィクトワールの遺体は、娘のオロールが亡くなった後に、はじめてパリからノアンに移された。

母として

ソフィー＝ヴィクトワールが亡くなった9年前に、サンドは24歳で長女のソランジュを出産している。その後1830年にジュール・サンドーに出会ったオロールは、翌年1月に長男モーリスとソランジュをノアンに残して単身でパリに向かった。

まだ若く、第2の青春を手に入れて恍惚としていたオロールは、一方で、子ども達の幸せを切実に祈って行動する母親でもあった。1832年春には、まだ3歳に満たないソランジュをパリに連れていくことを決断。始まったばかりのパリでの新生活は安定とはほど遠いものだったものの、まだ小さなわが子から離れて暮らすのはいかにも辛かった。

長男のモーリスがパリにやってくると、サンドはふたりを連れてリュクサンブール公園に散歩に行き、夜は、子ども達の寝息を聞きながら筆を走らせた。

自ら男装して精神と心身の自由を謳歌していたサンドは、時にはソランジュに男の子の服を着せ、逆にモーリスには女の子を着せた。バルザックが、そんなサンドをたしなめることもあったという。

サンドは、よく太ったソランジュを腕に抱え、6階の自宅まで階段をよじ登った。出版社や新聞社へ出かけていくときには、ジュール・サンドーがソランジュの面倒を見た。芸術家達に見守られ、ソランジュはすくすくと丈夫に育っていく。

ミュッセが描いた
子どもの手をひいて歩くサンド

モーリスの生活のベースはノアンで、そこで家庭教師のブーコワランにみっちり教育を受けていた。サンドは信頼がおけるこの人物に度々手紙を書き送ってはパリの暮らしについて報告し、モーリスの教育についても事細かに注文した。また、読み書きができるようになったモーリスとは、愛情に満ちた手紙の交換をしている。おみやげの約束をして甘やかす一方で、モーリスが10歳のときには、人から愛されるようになる努力について諭している。「人は皆、小さな子どもが好きです。弱くて、皆のことを必要としていて、自分がしていることが正しいかそうでないかも分からない子どもは、どんなことをしても許されます。でも、大きくなって、しっかり考えることができるようになったら、努力して自らを本当に愛すべき存在にしていかないことには、もう愛してはもらえないのですよ」

当時、「毎日、お母さまのことを考えています」などと遠くに暮らす母に書き綴ったモーリスは、生涯、どこか恋人のように母親を慕い続けた。

愛人のショパンと出かけたマヨルカ島には、子ども達をふたりとも連れて行った。修道院に部屋を借りたサンドは、ショパンの仕事を見守りつつ、午前中は子ども達の勉強を見た。そして、子ども達が小さいときと変わらず、皆が寝静まってから自分の仕事に取り組んだ。

「天と地のはざま」である、海が見えるその場所で暮らしたこの時期には、きっと、自らが若いときに過ごした修道院の生活を思い出すこともあったことだろう。修道院は廃墟のようでもあったけれど、サンド達が暮らした部屋は便利でよい間取りだったという（『我が生涯の歴史』では、「私達が住んでいる場所は、私達の思想に影響を与えるものだから」として、若い頃に過ごした修道院での暮らしについての章を、その場所の描写から始めている。その中で興味深いのは、修道院で生徒達が勉強する教室についての下りだ。「青少年の教育施設において、教室が最も悲しく嘆かわしい場所であることが慣習になっていることほどに残念なことはないと思います。子ども達が家具をだめにするだの、飾りを破損するだのという口実をつけて、思想を刺激してくれるすべてのものや、想像力を育てる魅力を視界から奪ってしまっているのです」）

簡素ながら落ち着いた部屋、そして、山と平野、海が見渡せる「ヨーロッパで唯一の景色」の中、子ども達は母親と離れず暮らす喜びも満喫していた。

幼い頃から認められたきょうだい間の性格の違いは、この頃にはますます明らかになっていた。サンドは1838年に友人に宛てた手紙にこう書いている。「この哀れな子ども（モーリス）はすべてをその心で見抜いてしまいます。モーリスは感受性、愛、そして理性の天使です。ソランジュは、ライオン、ヒョウ、タカ、カモシカ、少年、悪魔。マドモワゼル以外のすべてなんです。私は、愚かなやり方で、この子をうんと愛しています」

その「ライオン」は、10代前半にはあからさまに母親に反抗するようになった。偉大なる母親への、コンプレックスやライバル心も手伝ったのだろうか。前章でも見たように、

修道院からの風景

©Marie-Agnès Boquien-Fresneau

美しい娘に成長したソランジュは、母親の愛人ショパンの気をひこうとした。『我が生涯の歴史』でも、サンドは「ソランジュがこうなるとは思わなかった」と苦い思いを告白している。

ソランジュが結婚するときには、それでも、サンドは母親としてその準備を手伝い、張り切りすぎたせいか足の筋肉を傷めてしまった。どこか空回りではあっても、サンドは娘を愛し、その幸せを一心に祈るひとりの母親だった。

ソランジュに娘が生まれると、結婚後すぐに不仲になった娘夫妻の家庭から守ろうとするかのように、祖母ではなく母親のようにありったけの愛情を注いだ。ニニと言われてかわいがられたこの少女が、両親の配慮があれば避けられたであろう理由で病死すると、サンドは毎日泣き暮れて、ソランジュに「もう、自分をなぐさめようにも、私は年を取りすぎています」と手紙を書いた。

ソランジュの14歳年上の夫は、結婚前に抱えていた膨大な借金を返済するために、サンドの財産や稼ぎを当てにするような人物だった。「不幸な結婚」をテーマにして世に出たサンドは、自らの結婚のみならず、娘の結婚の失敗にも長い間苦しめられることになってしまった。ニニの死後、離婚を決断したソランジュをサンドは支持し、経済的な支援は続けたものの、母娘関係が改善することはなかった。自立して生きることを信条とするサンドは、贅沢に執着し、売春婦のような暮らしをしているソランジュを認めることができなかった。
一方で、モーリスは生涯を通じて母親の気持ちを支える愛情深い息子であり続けた。ドラクロワに8年間絵画を習ったモーリスは、ベリー地方の美しい風景画やサンドの小説の挿画を手がける。また、母譲りの好奇心をもって自然科学や農学、文学に取り組んだ他、市長や消防局のリーダーを務めるなど、多分野でその才能を発揮した。

モーリスの娘、オロールとガブリエルは、晩年のサンドにとってなによりも大切な宝物になった。「(オロールは)その知性にしても善意にしてもあまりにも見事で、まるで夢を見ている気にさせられます」。フロベールに宛てた手紙からも、孫にすっかり夢中になっている様子がうかがえて微笑ましい。

血がつながった子孫の他にも、サンドのまわりには彼女を母親のように慕う若者達が絶えなかった。ノアンの城館にはモーリスの友人の芸術家達や若い作家が集い、そこは、サンドを長とする一種の大家族のように機能しているのだった。

作家として

サンドのデビュー作である『アンディアナ』は、誰もが認める成功だ

息子モーリスの挿画による
J.HETZEL版『アンディアナ』(1861年)

った。「現代の情熱についての物語、女性の心についての真の物語」(『ル・フィガロ』1832年5月31日)などと、当時のプレスもこぞって絶賛を浴びせている。

男性達の愚鈍さや野心に翻弄されるヒロイン像は、日常的に不平等に苦しむ女性達の心に直接に訴えかけた。19世紀のフランスにおいて、小説とは教養のない女性や労働者のなぐさめとしての役割が大きく、サンドが意識したかどうかはともかく、『アンディアナ』はその需要にしっかり応えるものでもあった。厳しい現実を生きている読者達は、その夢を体現するかのようなロマンチックなハッピーエンドに拍手を送ったに違いない。

『ふくろう党』『結婚の生理学』などを発表し、すでに作家として著名だったバルザックも、女性の同業者によるこの作品を高く評価した。「私は、これほどシンプルに、これほど心地よく綴られたものを知らない。いろいろなでき事がただただ続いて起こり、ひしめいていく。それはすべてがぶつかり合う人生のようであり、偶然によって多くの悲劇がもたらされる様子はシェークスピアでも表現できなかったといえるのではないか。つまり、この本の成功は確実だ」

デビュー後も休むことなく次々と作品を発表し続けたサンドは、亡くなるまでに100作におよぶ小説や戯曲を残し、同時代の作家達からも一目置かれる存在であり続けた。新聞小説が大衆を夢中にした時代のことで、バルザックやユゴー、デュマなどと並び、ペンで生活の糧を得ることのできる流行作家のひとりとして活躍した。

サンドが若い頃から神のように崇めていたユゴーも、サンドが亡くなったときには長文の弔辞を寄せている。「私は故人を悼み、不滅の女性に敬意を表する。私は彼女を愛し、賛美し、崇めた。今日、死のおごそかな静謐《せいひつ》の中で、私は彼女を熟視している。彼女が成し遂げたことが偉大であるために私は彼女を称賛し、彼女が成し遂げたことが立派だったために私は彼女に感謝する。〝あなたがこんなにも気高い魂をもっておられることに感謝します〟と彼女に手紙を書いた日のことを覚えている。私達は、彼女を失ったのだろうか？ ノン。偉大なる人物というものは、姿を隠そうとも消え去ってしまうことはないし、だからこそ現実のものとなるとさえいえるのである。ある形として不可視にあることで、他の形で目に見えるものになる。崇高なる変貌。人間としての形はひとつの隠ぺいなのだ。それは観念という真の顔をマスクで覆ってしまう。ジョルジュ・サンドとは、ひとつの観念であった。彼女は肉体を離れ、今、自由になったのだ。彼女は死んだことで、今こそ生きているのだ。女神は、その姿を現した……」。この文章は、ノアンで行われた葬式の際に作家のポール・ムーリス*によって読まれた。

フランス以外でも、サンドの評価は極めて高かった。サンドの崇拝者には、ドイツの詩人ハイネ*やロシアの作家ドストエフスキー*、イギリスのジョージ・エリオット*やブロンテ姉妹*の他、イタリアのマッツィーニ*やロシアのバクーニン*といった革命家の名前も挙げられる。

*ポール・ムーリス
1818−1905　フランスの小説家、劇作家。サンドやデュマと共作した戯曲も数作ある。

*ハインリヒ・ハイネ
1797−1856　ドイツの詩人、作家。代表作に『旅の絵』、『歌の本』など。

*フョードル・ドストエフスキー
1821−1881　ロシアの小説家。代表作に『罪と罰』、『カラマーゾフの兄弟』など。

*ジョージ・エリオット
1819−1880　イギリスの作家。本名はメアリー・アン・エヴァンズ。作家名のジョージは恋人からとり、男性名で活動。代表作に『サイラス・マーナー』、『ミドル・マーチ』など。

もっとも、多くの優れた芸術家、完璧を求めて決して満足したりしない芸術家と同じく、サンド自身は自分の才能を過小評価していたよう。『我が生涯の歴史』にも、「12歳で書いたはじめてのエッセイから、成熟してからものした文学作品に至るまで、私は自分が書いたものに満足したことはない」と綴っている。

そんな風に、時に自らの才能に失望しながらも本を書き続けた理由のひとつには、経済的な事情があった。同時代の作家であるバルザックやデュマのように借金取りに追われるほどではなかったにしても、サンドは生活するために仕事をしなくてはならなかった。

一見優雅に見えるイタリア旅行の間も、時には帰りの旅費を捻出するためという差し迫った理由でパリに原稿を送ることもあった。また、ノアンで静かに暮らしているときも、作品の執筆に加え、パリの文壇や演劇関係者、政治家などとの親交をつなぐために、膨大な手紙を書き送っている。本人の言葉を借りるならば、サンドはいつでも「馬のように」「牝牛のように」猛烈に働いていた。

そんなわけで、サンドはいかなるときでも規則的に机に向かったし、そうせざるを得なかった。そして、執筆中の集中力はすさまじかった。サンドが46歳のときから生活を共にしたマンソーは、何事にも邪魔されずに机へ向かう恋人の姿を自慢気に書き残している。

50代を過ぎてからは、角ばった文字よりも丸文字のほうが疲れないことに気づき、筆跡を変えたりもした。もしサンドがワープロやパソコンを駆使していたら、一体その作品群

*ブロンテ姉妹
イギリスの小説家三姉妹。
シャーロット・ブロンテ
1816－1855 代表作に『ジェーン・エア』など。
エミリー・ブロンテ
1818－1848 代表作は唯一の長編小説『嵐が丘』。
アン・ブロンテ
1820－1849 代表作に『ワイルドフェル・ホールの住人』など。

*ジュゼッペ・マッツィーニ
1805－1872 イタリアの政治家、革命家。イタリア統一運動を代表する1人。1831年にマルセイユへ亡命。

*ミハイル・バクーニン
1814－1876 ロシアの思想家、アナーキスト。代表作に『国家制度とアナーキー』がある。パリ・コミューンの先例となったリヨンの暴動に参加する。

はどれほどになったのか……。サンドは、きっと、ものを書いている状態が本当に好きだった。私達は、本当に好きなことは長時間続けられるし、好きで続けていることは、たいてい上手にできるものだ。

ところで、サンドがいかに働こうと、その財産は一向に増えることはなかった。お金を稼ぐ才能のない恋人や子ども達、はたまた友人や近隣の住人など、サンドの助けをあてにしている人はあきれるほど多かった。

サンド自身には、贅沢品を愛する気持ちはあっても、所有欲は希薄だったようだ。『我が生涯の歴史』には、当時人気があった詩人ベランジェ*の言い回しからとった「見ることは、手に入れること」というくだりがある。美しいものを愛する感受性に優れていたサンドだけれど、華美なドレスや宝石は動きの邪魔になると考えていた。生命の危険を感じるほどの貧乏暮らしを経験していないサンドには、貧しさに対する強度の恐怖感がなかったうえ、貴族の血を受け継いでいることで、高貴なものに対する過度な憧れももっていなかったのかもしれない。政治上の理由で亡命生活を送っている友人に宛てた手紙には、ノアンの土地を所有していることに対する心の負担をも語ってもいる。

*ピエール＝ジャン・ド・ベランジェ　1780－1857　フランスの抒情詩人。代表作に『イヴトーの王様』など。

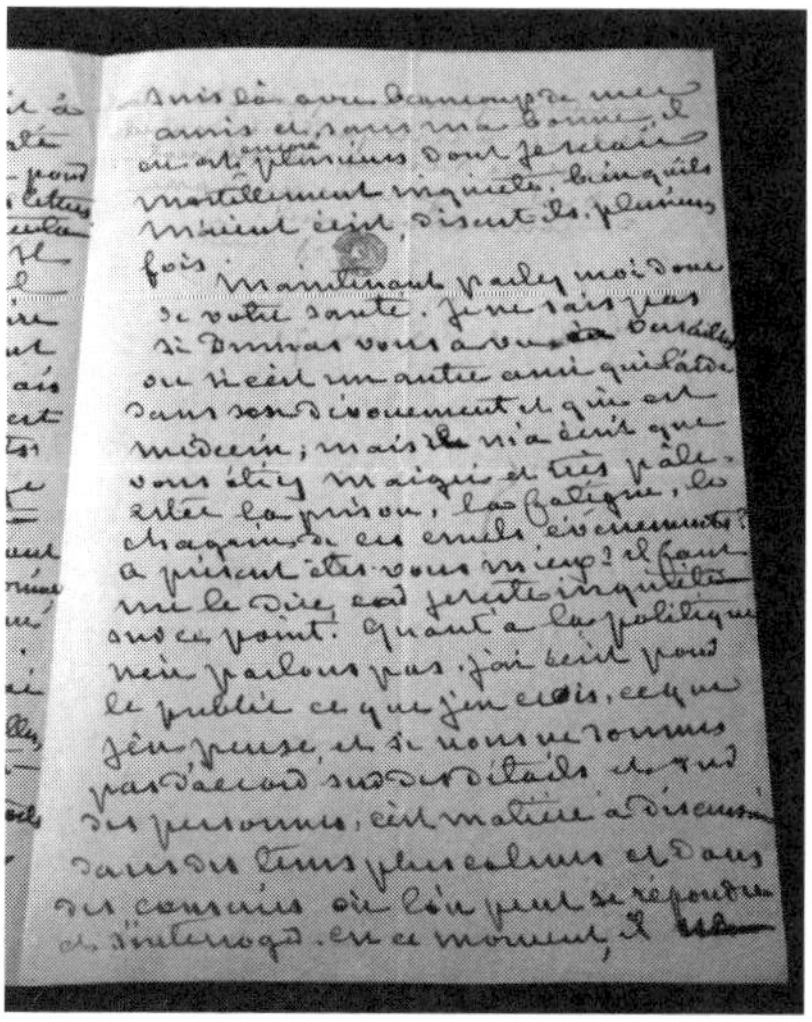

1871年6月1日に書かれたポール・ムーリスへの手紙

サンドの目には、金銭的な豊かさがもたらす心地よさや美しさは、「幸せから見放されているることを人びとに忘れさせる」ひとつのツールのように映っていたようだ。

子どもの頃から亡くなるまでサンドの精神を支えて導いたのは、お金でも土地でもなく、よりよい世界を夢見させてくれる芸術だった。

芸術への愛

バルザックの小説群から構成される壮大な「人間喜劇」には、サンドをモデルにした才気あふれる女性作家、カミーユ・モーパンが何度か登場する。中でも、1839年に出版された『ベアトリックス』には、本名をフェリシテというこの人物の魅力が余すところなく描かれている。この「男でも女でもなく、兵隊のように煙草を吸う」「ドン・ジュアンの女性版」のような作家は、首都から遠く離れたブルターニュ地方で芸術家としての道を突き進んでいる。40歳にして25歳のような容貌をした美しい作家は、音楽にも造詣が深く、ピアノを弾き、オペラを作曲する。

フェリシテが、誰に聴かせるためでもなく、自分だけのために即興でピアノを弾いている場面などは、「人間喜劇」の中でも最も美しい場面のひとつだと思う。

サンドの父は、軍人でありながらヴァイオリンを好んで弾くような音楽愛好家だった。

子どもの頃のサンドは祖母が弾くクラヴサンを聴いて育ち、自らもハープやピアノを弾くようになった。母親のようにサンドを育てた祖母が病床につくようになると、その枕元で窓を開け放してジョヴァンニ・パイジエッロ*の『ニーナ』*からの曲をハープで奏でたり、楽譜を読み解いたりして時を過ごした。若い頃にむさぼるように読んだルソーをモーツァルトの音楽と比べたりしたのには、そんな背景がある。

成人してからは、親しくなったリストがピアノで弾くベートーベンの『田園交響曲』やシューベルトの曲に耳を傾けた日々も。そして、ショパンと過ごした9年間……。音楽家ショパンの才能について、サンドは『我が生涯の歴史』で絶賛している。サンドによれば、ショパンより優れているのはモーツァルトのみ。「ショパンの才能は、この世に存在してきたあらゆる気持ちや感情の中で、最も深遠かつ濃厚なものである。彼は、ただひとつの楽器に、永遠の言葉を語らせる。子どもでも演奏できそうな10行のうちに、またとない高揚をもたらす詩や比類のないエネルギーをもつドラマを凝縮することをよくやってのけた。その才能を表現するのに、彼が大がかりなものを必要としたことはいまだかつてない。恐れを抱く魂を満たすためのサクソフォーンやオフィクレイド*もいらなかったし、信仰や熱狂を誘うのに教会のパイプオルガンや人の声も求めなかった。彼は群衆に知られてもいなかったし、いまだ知られてはいない。彼の作品が人気を得るためには、芸術についての嗜好や知性が大きく進化しなくてはならない。いつか、ピアノ曲の楽譜をまったく変えるこ

*ジョヴァンニ・パイジエッロ
1740－1816　イタリアのオペラ作曲家。1802年にナポレオン1世の招待でパリへ渡り、数年間滞在した。

*ニーナ
19世紀初頭に大成功をおさめたオペラ『**Nina, o sia la pazza per amore**（ニーナ、愛に狂った女）』。

*オフィクレイド
低音金管楽器。

となく、彼の音楽が管弦楽用に編曲される日がくるだろう。そして、そのときにこそ、皆は彼がなじんできた最も偉大な師達と同じくらいの、途方もない、完全なる、確かな才能を知ることになる。彼は、セバスチャン・バッハよりも甘美で、ベートーベンよりも力強く、ウェーバーよりもドラマチックな個性を保っている。彼はこの3人の性質を備えながらも、彼自身であり続けている。つまり、その嗜好は敏捷であり、大きなところではより厳粛であり、苦しみにおいてはより悲痛なのだ。ただモーツァルトのみが彼をしのいでいる。なぜなら、健康なモーツァルトにはより穏やかさがあり、したがって生の力が充満している」

『印象と思い出』というテキストの中で、サンドはショパンの音色について書いている。「私達の両目は、少しずつ、聴覚がとらえた甘美な転調に呼応する心地よい色合いで満たされていった。それから青い音色が響くと、私達は透きとおる夜の紺碧の中にいた。軽やかな雲が、空想のあらゆる形をとって空を満たして月のまわりに集まると、月は乳白色の大きな円盤をそこに投げかけ、眠っていた色彩を呼び起こす。私達は夏の夜を夢見て、ナイチンゲールを待つ」（現代にも音の想起する色合いについて分析を試みている音楽家がいて、オリヴィエ・メシアン（1908－1992）などは、ショパンの音楽について「色彩豊か。エチュード、プレリュード、バラード、ソナタ『葬送』のスケルツォ、ソナタ第3番ロ短調のフィナーレには素晴らしい色彩の変化がみられる」と述べている）。

サンドが19世紀にして音と色の関係に気づき書き残せた理由のひとつには、音楽についての知識だけではなく、視覚芸術である絵画への深い理解があったからだろう。

『我が生涯の歴史』では、絵画についてこう書いている。「美しい絵画は、私達に人生とはなにかを教えてくれるものです。それは、現実の動きやそれを見ている人の評価によってベールをかけられ、流動的になってしまっていることがあまりにも多い、さまざまな事物のフォルム（形）や表現の見事なレジュメです。優れた絵画とは、才能のある人が、その感覚を通して観察した自然と人間を元にして構成して演出したスペクタルなのです」

また、同じ本の中で、サンドは「演劇はすべての芸術をレジュメする芸術」としている。すでに修道院時代にモリエールの『気で病む男』を演出したサンドは、生涯、演劇を愛し続けた。パリに出た当初は劇場へ足しげく通い、演劇関係者と親しくつきあい、作家として成功した後に戯曲も多く手がけた。

また、1848年の2月革命後、夢や理想を打ち砕かれたサンドは、ノアンの城館で家族と過ごすことが多くなった。一番の楽しみは、その数年前、ショパンのアイデアがきっかけのひとつとなって生まれた即興劇。それ以来、息子のモーリスが中心になって、演劇やマリオネット上演に皆が打ち込んだ。モーリスが菩提樹の木を使って人形を作り、サンドが衣装を縫った。舞台も自分達で手作りをして、家族や近隣の友人を招いては新作を上演したという。

1864年にはサンドの戯曲『ヴィルメール侯爵』がパリの劇場オデオン座で上演され、大成功をおさめた。オデオン座は「全能の神」とサンドを崇め、その芝居を観たフロベールは涙を流して感動したと伝えられている。

また、ひとりの演劇愛好家として、サンドは劇場に出かけていくときの高揚感を持ち続けた。開演に遅れるのを恐れるあまり、一緒に出かける家族や友人が晩ごはんを食べているのをせかして、大急ぎで馬車に乗り込むことも。「今でも、12歳の頃と同じように演劇を楽しむことがあります。白状するなら、私を一番楽しませてくれる演劇は、最も素朴なもの、パントマイム、夢物語なのです。（中略）私達は不幸な種族で、芸術の嘘によって現実を忘れて気晴らししたいというどうしようもない欲求をもっているのです。嘘が多いほど、それは私達を楽しませます」

インターネットはおろか、映画もラジオもテレビもないこの時代のこと、演劇は皆にとって刺激的な娯楽だった。

サンドの人生にとって、文学をはじめとするあらゆる形をした芸術は、生涯を通して必要不可欠な要素だった。幼い頃から晩年までその力に支えられるようにして生きたサンドの姿は、芸術とは、パンとまったく同じようにそれがなくては生きていけないものだと私達に語りかけてくる。

興味深いのは、芸術を心から愛し、自ら芸術家でもあったサンドが、一方で芸術の限界を認めてもいることだ。「いかなる芸術も、自然の美しさによって生まれる印象がもたらす魅力や爽やかさを再現することはできないし、芸術による表現は、私達が心に秘めた感情のもたらす力と自発性に到達することができないのです」

サンドの人生の舵をとったのは、母親や祖母でも、モーツァルトでも、ルソーでも、キリストでも、ピエール・ルルーでも、多くの恋人達や子ども達でもなく、大自然、そして自らの深淵に宿る感情だった。

自然への愛

サンドの少女時代は、自然がもたらす豊かさに満ちあふれていた。草原や田畑を日々駆け回るだけではなく、家庭教師のデシャルトルから、草花の名前や特徴をみっちり教わった。また、祖母の影響で本をむさぼり読むようになると、自然を崇拝するルソーの思想に夢中になった。

成人してからも、子ども時代からの友人で、ルソーを信奉する自然科学者であるジュール・ネロと連れ立って、植物や鉱物、そして昆虫採集に出かけた。秋になると、シイタケや苔も研究した。植物について学者並みの知識を得たサンドが、後に、子ども向けに自然をテーマにした作品を残したことは当然の成り行きだろう。1匹のコオロギが重要な役割を果たしている『代母』などは、サンドならではの作品といえる。

モーリスとソランジュが生まれたときには、城内の庭にスギの木を植えた。

多忙な作家として活躍するようになってからも、執筆のかたわら、自然とふれあう時間は忘れなかった。1日に何時間もの時間を庭仕事に費やしたこともあり、第2章でも見たように、庭で育った野菜や果物が日常的に食卓に登場した。テラスには、オレンジやレモンの木が果実をつけた。

育てていたのは、食べることのできる野菜や果物だけではない。1853年には、こんなメモを書いている。「ツルニチソウ、ガマズミ、苔、サクラソウ、紫と白のニオイアラセイトウ。カリンの花が2週間前から咲いている。スミレの花盛りで、森や庭、至るところに咲いている。芍薬は大きなつぼみをたくさんつけている。氷のはる霜はまだこない……」

バラやクレマチス、ジャスミン、クロッカスの香りが甘やかに漂うその庭は、ルイ16世紀風を好んだサンドの祖母の時代から進化していた。サンドは毎日庭を散歩しては、それぞれの花や植物を愛でた。孫のオロールによると、サンドはどの場所になにを植えるのが一番いいかをよく知っていたという。日当たりのいい一画にはバラの木が植えられ、その香りがチョウチョを引きつけた。

冬がきても、サンドは「サクラソウ、スミレにコウシンバラが、雪の下で笑っています」と、花々のことを忘れることはなかった。

サンドは、園芸がもつ抗うつ作用に気がついていた。女性達の体がコルセットに締め付けられていたこの時代に、サンドは体を使うことにいつでも熱心だった。体を動かすことで頭痛がおさまることも実感していたし、そこから得られる満足感もよく知っていた。1854年に友人の編集者ヘッツェルに宛てた手紙には、園芸への情熱があふれんばかり。

「私は日に4~5時間、まるでなにかに憑かれた愚か者のように土にふれては、私の小さな森に、空想に任せた庭園を造りました。それは、石、苔、蔦、墓、貝殻、洞窟の庭園で、それらにはなんの共通項もありません。でも、そこで、石ころや木の根、じょうろ、砂や土をのせた手押し車を動かすこと、喜劇や小説、なんでもないことを夢見たり、気ままな思索にふけること、そんなすべてが途方もなく素晴らしいのです。正直なところ、文学がもたらしてくれる快楽は、鍬《スキ》がもたらしてくれる快楽の半分もありません。お金を手にするか、扶養の負担が減るか、それはどちらにしても私にとっては同じことなのですが、そうなればいいのに。そうすれば、私は作家だったことを忘れて、体を動かす暮らしに浸れるのですから。それは夢想や瞑想、そして1~2時間は心のために厳選した書物をほどほどに読むといった精神世界をもちつつ、10~12時間は運動に使うという暮らしのことです。これが私の夢ですが、あなたもご承知の通り、それが実現することはないでしょう」

1857年、マンソーがガルジレスに「人形の家」のような家を買うと、美しい景色とシンプルな暮らしに幸せを見出し、心の底からの喜びにあふれる時を過ごした。1858年には娘のソランジュにこんな手紙を書いている。「むきだしの田舎風とごちゃまぜになったこの村での生活は、私にとって複雑な城の生活よりもよっぽど普通に思えます。この世界の物質的なことにまったく煩わされないですむことは、私にはいつでも理想でした。そして、私はその理想を、寝るところ、体を洗うところ、そして書く場所だけしかない小さな部屋に見つけたのです」

サンドは、ここをベリー地方の小さなスイスと呼んだ。20もの泉に恵まれたその村では、美しい植物が勢いよく育ち、人びとは素朴で優しかった。それまでも、昆虫の世界に惹かれて蝶を追いかけたりすることのあったサンドとマンソーにとって、ガルジレスは地上の楽園だった。ただ散歩して観察するだけでは飽き足らないふたりは、採集した昆虫や植物にラベルを貼って、まるでその道の専門家のように、見つけてきた収穫物をきちんと分類し、そこに静かな楽しみを得ていた。

マンソーが亡くなってからも、息子のモーリス、孫娘のオロールやガブリエルと連れ立って、自然の中に潜んでいる宝物を探しに森に行った。きれいな色をした石ころや、どんぐりの実などは、少女達の想像力を刺激する最高の遊び道具になった。「一般的に男性達は政治について、女性達はおしゃれについて話すことを慰めとしている。それからすると、私は男性でも女性でもない。私は子どもなのだ。なにか手を使って目を楽しませるものを作ったり、脚を使って散歩をしたりする必要がある。身の回りに活力が行き来していることで、私は空虚な気持ちや人間の恐ろしさを感じないですむ」と書いたサンドのこと。孫達と遊んでいる間、その瞳は少女のように輝いていたに違いない。

幼い頃から自然に親しみ、自然に学び助けられてきたサンドの代表作は、生まれ故郷のベリー地方を舞台にした小説群だ。1846年から1853年までに発表された『魔の沼』『捨て子のフランソワ』『愛の妖精』『笛師の群れ』の田園4部作では、美しい魂をもつ主人公らの心情が、自然の風景と溶け合うかのように描かれている。幼い頃に農家の子どもと遊んだことや、大人になってからも見捨てられた子ども達の世話をしてきた経験によって、サンドには農家の人びとの喜びも苦しみも手に取るように分かっていた。

ツルゲーネフやバイロン、ディケンズなどの伝記で知られるアンドレ・モロワ*は、『魔の沼』『捨て子フランソワ』に関してこう称えている。「この牧歌は心を動かす清らかなものので、古代の優雅さをすべてもっている。ヴィルギウスばかりでなく、テオクラテスや時にはオデセウスを思わせる。サンドはその地方の詩によって、イデオロギーから解放されて、二大傑作を書いたのである」

『捨て子のフランソワ』には、ベリー地方に暮らす粉挽きの若妻マドレーヌと孤児のフランソワの間で育まれる清らかな友情や愛情が描かれている。5歳でマドレーヌに拾われたフランソワはたくましい青年に成長し、後には育ての母を妻とすることになる。そして、

*アンドレ・モロワ
1885-1967　フランスの小説家。代表作に『ジョルジュ・サンドの生涯』がある。さまざまな作家の評伝を執筆し、日本語訳も多く刊行されている。

そんなふたりをいつでも静かに見守るのは、家から近いところにある清らかな泉だった。出会いの場所、結婚を誓い合った場所でもあるその泉は、困難に押しつぶされそうになったときに、フランソワが泣きにいく場所でもあった。田園で暮らしている彼らは、落ち込んだときにバーやカフェ、映画館、コンサートに出かけるのではなく、例えば、こうやって森に湧く泉に力をもらう。

プルーストの自伝的小説『失われた時を求めて』の冒頭には、語り手が祖母から贈られた田園小説、中でも『捨て子のフランソワ』に魅了されるくだりが出てくる。そしてまた、語り手が成人して小説家を志すに至るまでの経緯を描く「見出された時」にも、『捨て子のフランソワ』が再登場する。招かれた邸宅の図書室で偶然にこの本を見つけた語り手は、涙を流すほどの感動に包まれ、その感動がどこからきているのかと自問することになる。こうなると、『捨て子のフランソワ』で理想を体現する女性の名前が「マドレーヌ」であることにも、なにか意味があるように思えてくる。また、母親のキスをベッドの中で待ち望む語り手にも、愛する母を妻とするフランソワにも、ギリシア神話のエディプス王の姿が重なる。フロイト*だったら、『捨て子のフランソワ』をどう読み解いただろうか……。

『愛の妖精』（1849年）の序文に、サンドはこう書いている。「人びとが互いを誤解し、憎み合うことによって悪が生まれているこの時代における芸術家の使命とは、優しさ、信頼、友情を祝福することです。それは、無感覚になってしまい、勇気を無くしてしまった

*ジークムント・フロイト　1856-1939　オーストリアの精神医学者。留学奨学金で1885年にパリで学ぶ。フランスの現代思想家に大きな影響を及ぼす。

人びとに、清らかな風習、温かい感情や古くからある公正さがまだこの世に存在していること、もしくは存在することが可能であるということを思い出させてくれるのです」

この小説は、サンドが大きな不幸に見舞われた時期に書かれている。筆を進めながら、サンドは、自らに残った勇気をかき集めていたのだと思う。政治に失望した作家は、労働者でも子どもでも楽しめるシンプルな文学作品を創ることに力を注いだ。

サンドの田園小説を通して、私達はその牧歌的な世界を体験することができる。文学と自然への情熱が見事に融合したそれらの小説は、当時はもちろん、今でも世界中の多くの読者の気持ちをやわらげ、力を与え続けている。

私達は、美しい世界を想像できないことには、それを創ることはおろか、目指すこともできないのだと思う。

人類の一員として

ジョルジュ・サンドは、相反する性質をもち合わせた人物だった。

小説の中に理想郷を描きながらも、ジョルジュ・サンドほど地に足がついた人は稀だった。19世紀のロマン主義の中心人物でありながらも、18世紀の合理主義の精神を学んでいたサンドが、どうして夢ばかりみていられよう。

これまで何度か見てきたように、サンドは貴族と庶民の出会いが生んだ子どもであり、幼い頃からその違いを感じて育った。

若い日には宗教に身を捧げることを熱望したこともあるけれど、後には宗教のもつ世俗性に意識して距離を置くようになり、信者から批判された。

共和主義者でありながら、友人を救うためとなると皇帝ナポレオン3世にかけあった。

そして、職業に絶え間ない情熱を燃やす一方で、家族を愛する主婦でもあり、亡くなる前の約3年間は、子どもむけのおとぎ話を書き綴り、祖母としての生きがいを感じていた。

また、バルザックも指摘したように、サンドは、彼女は、男性でもあった。その二面性は、サンドを語るうえで欠かせない点といえる。今までも見てきたように、家庭教師のデシャルトルは、田園での散歩に便利だからと幼いサンドに男のような恰好をさせた。また、女性が馬に乗ることが異例だった時代に、母親の違う兄から乗馬を教わり、「鞍でのポジションや四肢の柔らかさからみて、女性は男性よりも長時間馬に乗っていることができるのではないかと思う」などと書いている。そんな教育や環境も手伝い、元から、サンドには「男性だから」「女性だから」というくくりが希薄だったのだと思う。

パリに出ると男装で街を歩き、煙草を吸い、男性のペンネームで結婚をテーマにした小説を書いた。たちまち流行作家になったサンドは、世間から求められる女性のイメージを次々と覆していった。「LGBT*」という言葉が浸透した現代では、同性のパートナーを

＊LGBT
レズビアン、ゲイ、バイセクシュアル、トランスジェンダーの頭文字を組み合わせた、多様な性を表現する用語。

もつことや、男女が性にしばられず好みの服を着たりすることは珍しいことではなくなってきているけれど、19世紀にはすべてがタブーだった。そんな中、論より証拠とばかりに、他の女性が避けることを、人目をはばからずに次々とやってのけた。性差別がまかり通っている社会に憤りを感じていたサンドは、1848年の革命後に発行された『共和国公報』では女性問題を扱った。

ただ、女性の参政権のない時代にサンドを普通選挙の候補者にしようとしたグループに対しては、サンドはその性急さを厳しくいましめている。女性に不利な結婚制度に苦しめられたサンドにとっては、まずは民法上の不平等を解決することが差し迫った課題だった。法律の名の下で妻が夫に隷属している現状を変えることができたら、政治上の平等も続くはずだというのが、若い頃から厳しい現実を見せられてきたサンドの考えだった。

女性の参政権を叫ぶフェミニスト達ときっぱりと一線を引いた理由は、女性達が無駄に力を使うべきではないと判断したからかもしれない。社会に働きかける女性に対する誹謗・中傷の激しさは、作家デビューしたときに痛いほど体験していた。サンド自身は、それでも、その小説群を通して女性に勇気を与え続けた。デビュー作の『アンディ

ドラクロワが描いた男装をしたサンド（1834年）

アナ』から『愛の妖精』などの田園小説に至るまで、男性と肩を並べて、協力して人生を築いていく女性の姿がさわやかに描かれている。

よくよくその足跡を追うと、サンドは、フェミニスト達だけではなく、あらゆるグループと距離を置いている。小説を書き始めた若い頃には、接近してきたサン＝シモン主義者*をつっぱねた。政治にも失望していた60代の終わりには、友人の作家ポール・ムーリス宛てにこんな驚くべき手紙を書いている。「いかなる人物にも、いかなる教会にも、またどんなに小規模で選びぬかれたものであったとしても、いかなる団体にも属さないことが、絶対的に必要だと感じています。私達は、崩壊のただなかにいるのです。この地獄から脱する道は誰にも見えていません。後退して、自らの感情だけに従い、集団がもたらす興奮から逃れ、現在の外部がもたらすすべての影響から身を離し、自らにあるものだけを表現する、今はそういう時なのです。ひとりでいることは全員といることであり、その中の数人とだけいるよりも価値があります。どうして、一定の数の人びとの中に埋没しようとするのでしょう？　野心や虚栄心に駆り立てられているのではないあなたが、あなたに、他でもないあなただけに神が与えた個人の才能を使って、なにをしているのですか？　政党の精神から外れて、戯曲や著作、美術評論に取り組もうとしないのはどうしてですか？」

この頃のサンドにとって、特定のグループに属さない個人が、その内面とじっくり向き

*アンリ・ド・サン＝シモン　1760‐1825　フランスの社会主義思想家。代表作に『産業者の教理問答』など。オーギュスト・コント、カール・マルクス、ルイ・ブランなどに影響を与えた。

合うことは決して「孤立」ではなかった。作品に取り組むこと、作品を発表することで、サンドは世界と深くつながっていた。

人からカテゴリー化されることに対して闘い続けたサンドだったけれど、自らに民衆の血が流れていることを忘れることはなかった。庶民出の母をもったことを誇りにしていたことは、その発言・行動からはもちろん、著作の数々にも如実に表れている。最後に愛した男性も、特権階級とはほど遠い職人肌の男性だった。虐げられている人や子どもを見ると、なんとかしようと体を動かしてしまうところがあった。

1871年、サンドはフロベールに宛てた手紙にこう書いた。「私には善への情熱がありますが、偏った感傷主義はまったくもち合わせていません。私と主義を同じくするとしながらも行動が伴っていない者を、私は心底軽蔑しています。また、法にふれることをする放火魔や殺人犯を、私は憐みません。私が深く憐れむのは、なんらの発展や助けを受けることなしに、怪物を生むような荒々しく堕落した暮らしを強いられている階級の人びとです。私は人類を憐れむ者です。私は人類が善良であることを願っています。なぜなら私は人類を忘れることができないし、人類は私であり、人類が犯す悪は私の心を打ち、人類の恥は私の頬を赤らめ、人類の罪は私の胃を痛ませ、天上においても地上においても、私ひとりきりの楽園があるとは思えないからです」

『我が生涯の歴史』には、サンドが自らの人生を書き残す理由が書いてある。「聞いてください。私の人生は、あなたの人生なのです。こうやって私の本を読んでいるということは、あなたは世の中を騒がすあれこれとは一線を引いているということなのです。さもなければ、私のことなど退屈して放り出していることでしょう。あなたは、私と同じく、夢想者なのです」

人類のひとりとして、サンドは同志へと語りかける。「私はあなた達と同じ悪に苦しみ、障害を体験し、そこから出てきました。だから、あなた達にも治癒と勝利が可能なのです。これが、友人が友人へ、人間が人間へ教えられることです」

サンドは1876年に71歳で亡くなった。肝臓と腸が弱く、リューマチに苦しむこともあったけれど、1900年のフランスの平均寿命が45歳だったことを考えると、しっかり生ききったといえるだろう。

年齢を重ねることについて、40歳を超えた頃のサンドは小説『イジドラ』(1846年)の登場人物にこう言わせている。「歳をとった女性、そう！　それは別な女性なのです。新たに始まった私には、まだ苦痛はありません。その女性は、過去の過ちとは無縁なのです。というのも、そんな過ちはもはや理解することもできませんし、それを繰り返すことは不可能だと感じているからです。前にあれほど怒りっぽく、気難しく、粗野であった彼女は、それと同じほどに優しく、我慢強く、正義にかなった女性になりました。その女性は、もうひとりの彼女が犯した悪をすべて償ったうえに、後悔で身もだえして自らを許せなくなっている彼女を許してさえやるのです」

また、亡くなった年にフロベールに宛てた手紙にはこう書いた。「あなたは、少しずつ、人生で最も好ましく幸せな時期、老いにさしかかろうとしているのですよ」

サンドと深い友愛で結ばれたフロベールは、サンドについて、「この偉大な人物のうちにあるフェミニンさをすっかり知るには、私が彼女を知ったように彼女を知ることが必要でした。この天才は、無限の優しさをもち合わせていました」と語った。

無償の愛情に飢えていた少女は、修道院で穏やかに継続していく愛情を発見した。現世に戻った若い女性は、時に不器用ながらも他人との愛情を結び、一風変わった家族を形成し、傷つきながらもきょうだい愛、人類愛を育み、最後には深い自己愛に限りなく近づいていった。若かりし頃、「愛と同じで、信仰は、それを探しているうちは見つかりません。それは、まったく期待などしていない瞬間

ノアンにあるサンドの墓

にやってくるのです」と書いたサンドは、いつしか、自分自身を、世界を愛せるようになっていたのだと思う。

恋多き女と社交界を賑わせたスキャンダラスな作家は、いつしか、フランスを代表する重要人物として国内外で認められるようになり、生まれ故郷では「ノアンの優しい貴婦人」と敬愛されるようになった。

幼い頃、寂しさを紛らわすことから芽ばえた読書への愛は作家という天職につながり、文学はもちろん、音楽や絵画、演劇といった芸術への情熱はとどまることを知らなかった。

この勇気ある芸術家が最後に家族に残した言葉は、「緑……。緑を残して」。これは、一説には、ノアンの城の庭や子どもが生まれたときに植えた2本の木をそのままにしておいて欲しいという願いだとされている。

でも、きっと、そこにはもっと多様な意味が込められているように思う。それは、例えば、「地球の緑を大切にしなさい」という次世代への警告のようにもとれる。サンドは、私達が自然の力、美しい草原や野に咲く花、樹木なしでは1日たりとも生きていけないことを知っていた。社会が大きく変動した時代、今のように環境問題が語られることがなかった時代において、ジョルジュ・サンドの先見の明は、ここでも光っている。「エコロジー」や「地球に優しい」といった、聞きなれてしまったがゆえにともすると軽く響くようになってしまった言葉は、サンドが描いた生き生きとした「緑」のビジョンとはかけ離れているけれど……。

また、この遺言は、「せっかく世に生を受けたからには、困難にくじけたりせずに、責任をもって美しい花を咲かせなさい」という誰かに宛てた励ましのようにもとれる。音に色彩を感じる能力のあったサンドのことなので、もしかすると、「緑」とは特定の音や音楽を示していたのかもしれない。

「緑を残して」。どこかミステリアスで暗示的なこの最後の言葉は、1度聞くと私達の脳裏に住み着いて離れることがない。

ノアンの城館の2階にあるサンドの仕事部屋の窓からは、菩提樹が見えた。そして、その庭では、立派なバラが咲き誇ると同時に、小さな星のような白い花を咲かせるハコベや、森の中で自生するアネモネなども大切に育てられていたという。

ドラクロワが描いたノアン館の庭

サンドがまいた種を受け継いでいるとしか思えないフランス人に、何度か出会ったことがある。サンドの生涯を追うひとり舞台で話題を集めた歌手・女優のキャロリーヌ・ローブは、その中でも別格だと思う。

　新作舞台の上演が迫る中、サンドに寄せる思いなどについて、ペール・ラシェーズ墓地近くのカフェで話を聞くことができた。待ち合わせにはつらつと現れた彼女は、果てしなく軽やかながら、力強く美しいエネルギーを周囲に放っていた。

インタビュー

キャロリーヌ・ローブ

　2013年に南仏アヴィニョンで毎年行われている重要な演劇祭で「George Sand, ma vie, son oeuvre（ジョルジュ・サンド、私の人生、彼女の作品）」を初上演し、その後もパリの劇場で度々公演を重ねた彼女だけれど、実は、それまではジョルジュ・サンドのことはよく知らなかったという。ところが、あるきっかけでサンドの伝記を読んでいくうちに、サンドという人物に完全に夢中になってしまった。

「それまでは、私はジョルジュ・サンドのことをほとんど知りませんでした。多分、彼女の本は1冊も読んだことがなかったと思います。きっかけになったのは、友人の編集者、ローラン・バランドゥラスに、（サンドが孫のために書いた）『おばあさまの物語』の朗読ブックのプロジェクトについて聞かされたこと。そのときにサンドの伝記を読んでみたのですが、1冊だけではまったくその人物像をつかめなかったので、すぐに続けて2冊目を読みました。それでも、この信じられない女性のことを理解することはできず、次々に伝記を読んでいくうちに、サンドにすっかり夢中になってしまったのです。もちろんサンドが書いた作品の中にも素晴らしいものはありますが、なにをおいても、サンド自身が素晴らしいのです」

そう語るキャロリーヌ・ローブは、オロール同様、一風変った女の子だった。「他の子のように自分を女の子だと感じたことがなかった」彼女は、16歳のときに演劇を始めたときも、男の子やゲイ、トランスジェンダーの役を演じていた。この頃、「舞台衣装を買うお金が必要だったから」と、パリのKENZOで販売員のアルバイトをした経験も。「このときに、花柄、水玉、チェックなど、すべてを混ぜて組み合わせるというのを学びましたね。私にしてみたら、すべてはすべてと合うものよ」

80年代はじめには、写真家モンディーノのもとでスタイリストを務めるという体験をしている。

また、フランスが誇る歌手であるセルジュ・ゲンズブールの本『**Bambou et les poupées**（バンブーと人形）』にも、スタイリストとして参加（ピカソやジャコメッティを手がける画商であったキャロリーヌの祖父、ピエール・ローブは、画家を志していた若き日のセルジュ・ゲンズブールに出会っている。ゲンズブールはともかく、キャロリーヌ自身は、本の制作中はそうと

キャロリーヌ・ローブ　©Bruno Perroud

は気がついておらず、後で知ったという逸話も）。

80年代には、当時のフランス人なら誰でも知っているほどの大ヒット曲「C'est la ouate（セ・ラ・ウアットゥ）」で瞬く間に有名人になった。今でも、彼女の名前を聴くとこの歌を口ずさむフランス人は少なくない。

キャロリーヌ・ローブは、自分のヒット曲についてではなく、音楽の官能性について話してくれた。「サンドは『私は耳から快楽を得る』と言いましたが、私も、小さい頃にモーツァルトが作曲したオペラ『ドン・ジョヴァンニ』を観にいって悪魔的なオーガニズムを味わったことを覚えています」。一見つかみどころがなく、空中を漂うだけの「音」のつながりは、ある感受性をもった聴き手にとって、極めてセンシュアルなもの、フィジカルなものとして働きかける。

『ジョルジュ・サンド、私の人生、彼女の作品』では、30年来の友人だというジャン＝ポール・ゴルチエの衣装をまとった。「この演劇に、彼の洋服がよくマッチしたんです。ゴルチエの世界は、マスキュリンとフェミニンが行きかうところがあるので、サンドにはぴったりだったの」。個人的にも、性や職業の枠にしばられずに、時には真面目に、時にはエキセントリックに、その日のインスピレーションで「まるで演劇のように」服を選ぶのを楽しんでいるという。

女性であることに窮屈さについて、彼女は

『ジョルジュ・サンド、私の人生、彼女の作品』ポスター　©Olivier Denis

＊ジョルジェット・サンド
２０１４年９月から活動する非営利団体。ホームページのマニフェストでは「女性と男性は平等であり、ゆえに、両性ともそれを実現しなければならない」等、宣言している。

＊ヴィルジニー・デパント
１９６９－　フランスのフェミニスト作家。１９９４年に『ベーゼ・モワ』でデビュー。２０００年には同作品が映画化、自身で監督する。２０１０年にルノードー賞受賞。

＊オランプ・ド・グルジュ
１７４８－１７９３　フランスの女権運動家。ルイ16世の処刑に反対したことから反革命的とみなされ、処刑される。

こう語る。「女性が大変なのは、誘惑できないといけないという強迫観念。欲望の対象であることを求められていること……」

外見に関して女性が受けている差別は根深く、ジョルジュ・サンドがデビューしたときにも、その容姿をからかうような風刺画が何度か新聞に掲載された。「フロベールやバルザックは醜いと言われませんよね。作家はトップモデルじゃないし、その役割は考えを伝えること。それなのに、女性作家は容姿をとやかく言われるというのは馬鹿らしいわ」

フランスのフェミニストについて聞くと、たちまち女性の権利のために活動しているという非営利団体「ジョルジェット・サンド*」、そして現代作家のヴィルジニー・デパント*の名前を挙げてくれた。ヴィルジニー・デパントは、その著作のみならず、インタビューもとても興味深い。また、フランス革命期に活躍した先輩のオランプ・ド・グルジュ*もとても重要な人物だという。

性差を超えて生きるキャロリーヌ・ローブは、また、年齢についても既存の物差しとは別のところで生きている。「年齢については、正直なところ、関心には値しないわね。人に年齢を尋ねることがなんの役にたつのやら。実年齢よりうんと若かったり老けていたり……、それが分かったところで、一体なんの意味があるのでしょう」

キャロリーヌ・ローブにとって大事なのは、ジョルジュ・サンドがそうであったように、人からどう見られるかではなく、愛する芸術の世界で自由に呼吸することなのだと思う。

そんな彼女にも、まだ、地球上のほとんどの男女と同じく、自由になれていない部分もあるのだろうか。別れ際、「できるだけ、自由に……。私達は、それにトライしているのです」と言うと、いたずら好きの少女のようなきらきらした笑顔を見せてくれた。

キャロリーヌ・ローブ
1955年生まれ。歌手。女優。作家。演出家。2010年にはスペクタクル『Mistinguette, Madonna et moi（ミスタンゲット、マドンナ、そして私）』を「アンスティテュ・フランセ東京」で公演。黒澤明、溝口健二、小津安二郎などの映画を愛するシネフィルでもある。20代前半の娘は演劇を目指している。
ウェブサイト：carolinloeb.com

サンドをめぐる パリの旅

Pavillon du musée, décors Jacques Garcia
©musée de la Vie romantique

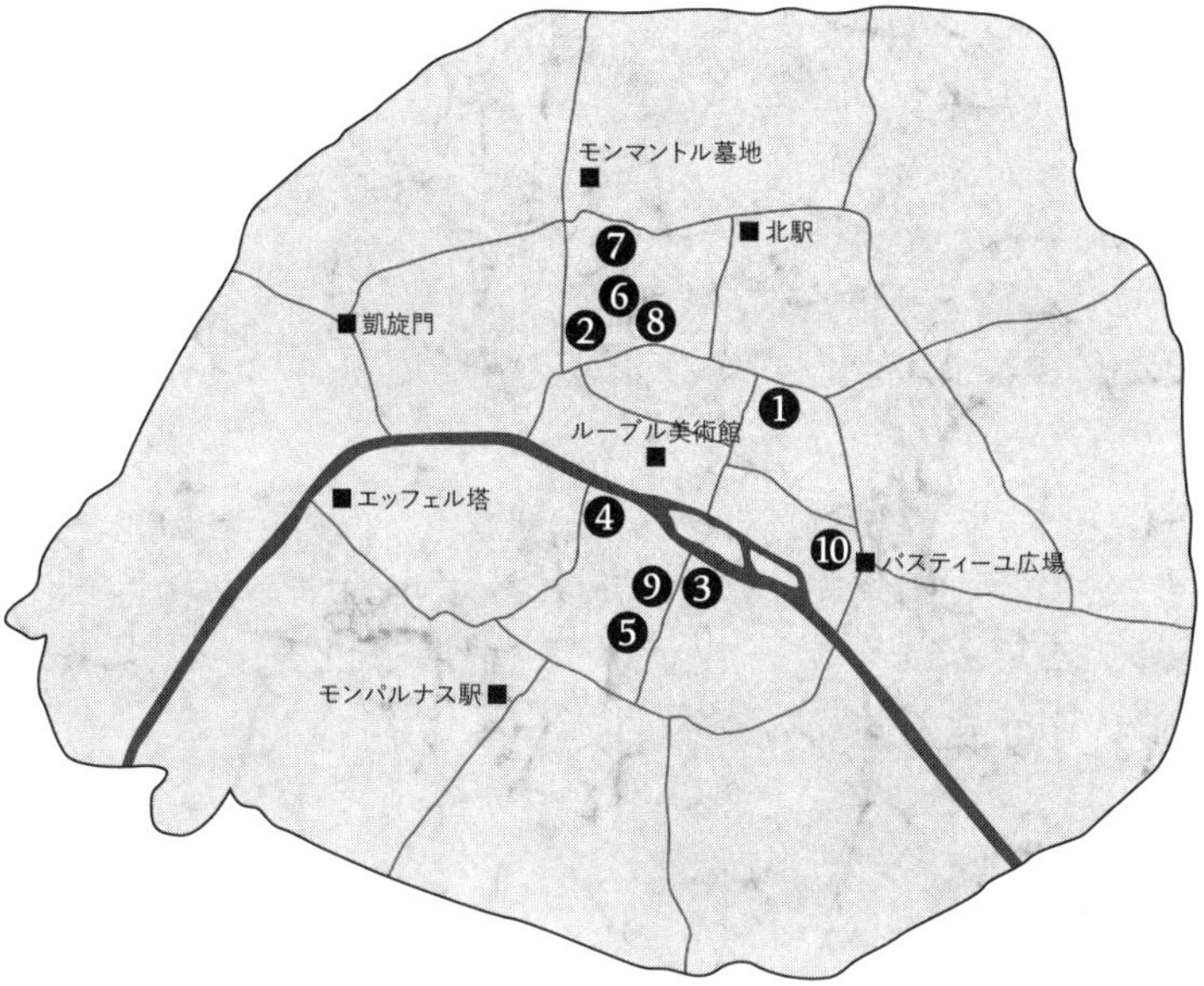

❶メレ通り46番地

(46 rue Meslay 75003 Paris)

最寄駅　メトロ Strasbourg - Saint-Denis

サンド生誕の地は、過去に彫刻家ロベール・ル＝ロラン（1666－1743）が暮らしていたアパルトマンだった。当時の住所はメレ通り15番地（15 rue Meslée）。

❷コーマルタン通り63番地

(63 rue Caumartin 75009 Paris)

最寄駅　メトロ Havre-Caumartin

1822年9月17日、サン＝ルイ・ダンタン教会（Paroisse Saint-Louis d'Antin）でカジミールと結婚。翌年生誕した長男のモーリスもこの教会で洗礼を受けた。

❸サン=ミッシェル河岸25番地

(25 quai Saint-Michel 75005 Paris)

最寄駅　メトロ Saint-Michel - Notre-Dame

1831年から約1年の間、ジュール・サンドーと暮らした屋根裏のアパルトマン。この住所に立って眼前のセーヌとノートルダム聖堂を眺めれば、若かりし日のサンドの心の高揚が容易に想像できる。

❹マラケ河岸19番地

(19 quai Malaquais 75006 Paris)

最寄駅　メトロ Saint-Germain-des-Prés

サンドが1836年まで住んだこのアパルトマンには、ミュッセやサント=ブーヴ、マリ・ダグーなど当時の著名人が集った。すぐ隣には芸術大学（「ボザール」と呼ばれる国立高等美術学校）があり、アパルトマンから校庭を見下ろせた。

❺ リュクサンブール公園
(Jardin du Luxembourg 75006 Paris)
最寄駅　RER線 Luxembourg

子ども達の手を取り散歩に行った公園。サン＝ミッシェル大通りにある入口を入り、少し左に行ったところには、フランスの彫刻家フランソワ＝レオン・シカールによって1904年に創作されたサンドの彫刻がある。

❻ テブ通り80番地
(80 rue Taibout 75009 Paris)
最寄駅　メトロ Notre-Dame-de-Lorette

1842年から約5年は、この地にあるオルレアン広場のアパルトマンで過ごした。サンドのアパルトマンは5番地で、ショパンのアパルトマンは9番地にあった。自由に作曲ができる個室を得たショパンは喜んだものの、パリでは社交が楽しすぎるために思ったより仕事ははかどらなかったとか。

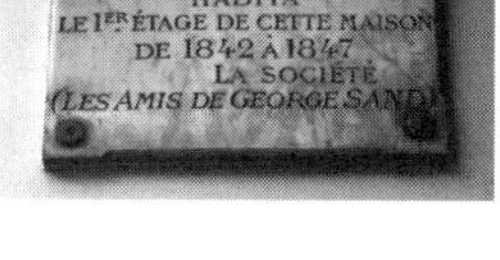

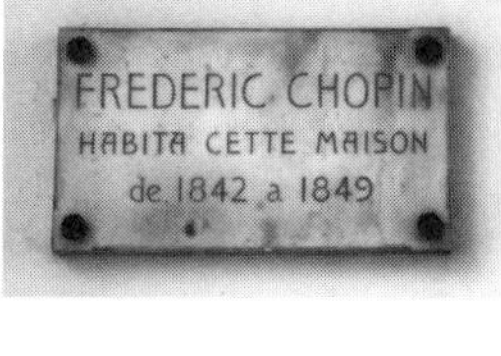

サンドが愛用していたという、万年筆を納めるための木箱。スライド式の蓋には「まめに手紙をください」と刻まれている。

サンドが孫娘のオロールのために手作りしたチョーカー。黒のビロード地にトルコ石と真珠があしらわれている。

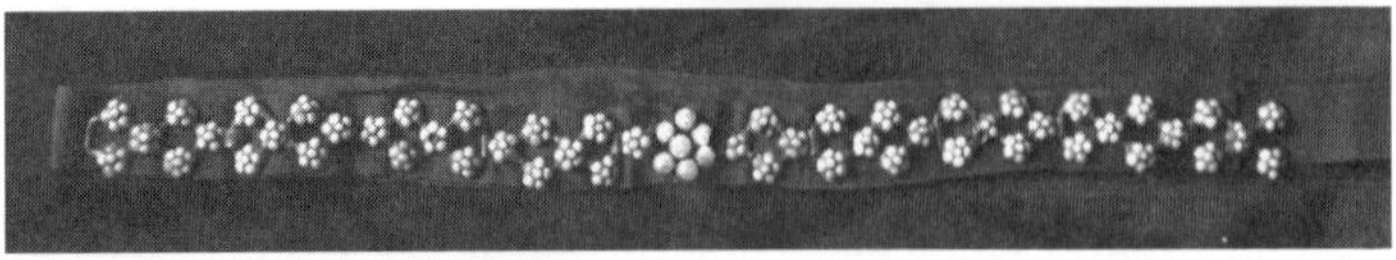

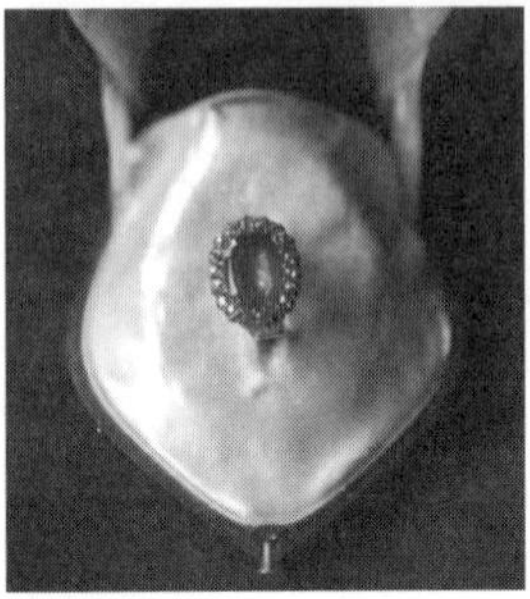

祖母の形見であるサファイアの指輪はいつもつけていた。祖母は、この指輪をいとこ（ルイ16世の母、マリ＝ジョゼフ・ド・サックス）から1766年頃に贈られた。

❼シャプタル通り16番地

（16 rue Chaptal 75009 Paris）

最寄駅　メトロ Pigalle

サンドとショパンは、この地に１８３０年に邸宅をかまえたシェフェール宅の常連客だった。そこでは、ショパンがプレイエルのピアノで惜しげもなくその才能を披露していたという。現在は、「ロマン派美術館」として公開されているこの空間。併設の緑豊かなサロン・ド・テでは、ナチュラルなテイストが人気の「ローズ・ベーカリー」による軽食やデザートが楽しめる。

美しい庭園と一体化した人気のサロン・ド・テ。

シルバーと宝石で飾られたメダルの裏側には「1804年7月5日に生誕し、1876年6月8日に死去したジョルジュ・サンドの髪」と記されている。髪は、サンドの死後に娘のソランジュによって切られたもの。

各オブジェの説明文を熱心に読む訪問者。

❽ラフィット通り21～23番地

（21-23 rue Laffitte 75009 Paris）

最寄駅　メトロ Le Peletier

マリ・ダグーやリストが滞在していたこの地のホテルに、サンドも１８３６年の10月以降数カ月滞在した。シェフェールがそうしたように、マリ・ダグーはそこに当時の気鋭の芸術家を招いてはもてなした。

❾ラシーヌ通り3番地

（3 rue Racine 75006 Paris）

最寄駅　メトロ Cluny - La Sorbonne

１８５１年から13年の間、サンドはマンソーがすでに住んでいたこの地のアパルトマンに部屋を借りた。狭くて質素な部屋ではあったものの、迷惑な客を避けたいとき、静かに仕事をしたいときにはマンソーの部屋へ避難した。

❿ヴォージュ広場6番地

（6 place des Vosges 75004）

最寄駅　メトロ Bastille

ヴィクトル・ユゴーが16年間暮らしたアパルトマンは、現在ヴィクトル・ユゴー記念館（Maison de Victor Hugo）として一般公開されている。研究者などを対象にした図書室にはサンドの手紙の一部が保管されている。

インタビュー

ジェローム・ファリグル

ロマン派美術館館長・学芸員

本書冒頭でも紹介したロマン派美術館は、パリのサンド巡礼に欠かせない重要なスポットだ。もともと画家が暮らしていたこの館は、装飾家のジャック・ガルシアなどにより改装されたうえで、1987年から一般公開されている。そこではノアンの城館のサロンが再現されており、サンドが描いた絵画や手書き原稿、身につけていたアクセサリーなども間近で見ることができる。

この美術館で2013年から館長を務めており、学芸員でもあるジェローム・ファリグルさんに、フランス、そしてサンドのロマン主義について話を聞いた。

もともと18世紀のイギリスやドイツの文学に起源をもつロマン主義は、フランスでどう花開いたのだろう。「フランスのロマン主義は、18世紀末頃から19世紀初頭に生まれたジェネレーションによるものとして考えていいでしょう。その全盛期は、7月王政*が始まった1830年代。フランス革命に続いた恐怖政治によるトラウマ、ナポレオンの活躍が生んだ〝叙事詩〟、そして規律への回帰である王政復古を経て、大きな希望をもって迎えられたのが7月王政だったのです。そこでは、個人の自由のみならず、社会を変革しようとする野心が尊重されました」

文学の分野では、ユゴーが1827年に発表した詩劇『クロムウェル』*が「ロマン主義宣言」とされているけれど、この時代は、絵画や音楽においても、それまでの伝統と決別した新しい流れが次つぎと生まれた。ドラクロワの有名な『民衆を導く自由の女神』は、

*7月王政
1830－1848 「フランス国民の王」と自称し、ブルジョワ層に支持されたルイ＝フィリップによる立憲王政。ルイ＝フィリップが幼いときに絵画を教えていたアリイ・シェフェールは、王家と親しい関係を結んでいた。

*『クロムウェル』
1889年に日本の評論雑誌『しがらみ草紙』にその序文が抄訳された。日本のロマン派の代表者としては、ドイツに留学経験のある小説家の森鷗外（1862－1922）や評論家の北村透谷（1868－1894）などが挙げられる。ロマン派文学運動の機関誌『文学界』*では、樋口一葉（1872－1896）が『たけくらべ』などを発表し、鷗外や幸田露伴（1867－1947）などから高い評価を受けた。

1830年のフランス7月革命の熱気が描かせた傑作といえる。「この時代は、文化が密接に交差していたのです」と館長さん。「著名な画家だったアリイ・シェフェールは、毎週さまざまな分野の芸術家を集めてサロン*を開いていました。そこには、当時近隣のオルレアン広場に住んでいたサンドやショパン、ノートルダム＝ド＝ロレット通りに住んでいたドラクロワ、マルティーユ通りと縁深かったジェリコー*などが集まり、文学や絵画、演劇、そして政治が語られていました」。なんとも、贅沢な……。その時代のパリでは、そうやって力のある人物が自宅のサロンに芸術家を呼ぶというのが日常だったのだという。

ルイ＝フィリップが治める7月王政下で急激に力をつけたブルジョワ達は、ジャンルを越えて結びつき、勢いを増す自由な表現者達に敏感に反応している。産業革命が進むに従

ナダール撮影によるヴィクトル・ユゴー

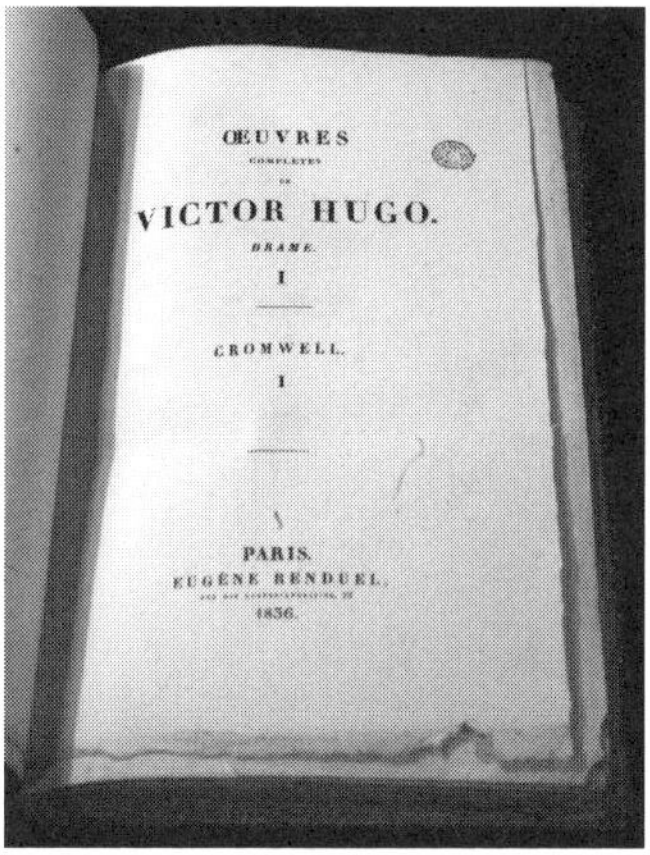

ヴィクトル・ユゴー記念館に
所蔵されている『クロムウェル』の初版。

＊サロン
王立絵画彫刻アカデミーが開催していた美術展覧会。

＊テオドール・ジェリコー
1791－1824　フランスの画家。代表作の『メデューズ号の筏』はロマン主義の象徴とされた。

いメディアも発達したこの時代は、大衆文化の萌芽期でもあった。「非常に多くの人びとが、クリエートされたばかりの現代アートを鑑賞しようと〝サロン〟をこぞって訪れました。絵画や彫刻といった芸術が一般市民に開かれたのは、この時代がはじめてでした。また、新聞各紙でもサロンは非常に重要視されたため、美術批評が発展したのです」

ドラクロワやジェリコーなど、この公の美術展で革新的な作品を発表した画家達は、批評家や世間の評価――時に不当な悪評――にさらされることになった。彼らにとって、自らロマン主義を代表する画家であったシェフェール宅での集いは、創作意欲を刺激する場であると同時に、心のよりどころとしても機能していたに違いない。世間でなにかと叩かれていたサンドも、きっと、シェフェールのサロンでは息を吹き返したのではないか。どんなときでも勇気を失わなかったサンドの秘

ロマン派美術館の外観。館内にはサンドが描いた風景画なども収められている。

密は、こんなところにも隠れていそうだ。

「ジョルジュ・サンドは、ロマン主義の世界とすっかり溶け込んでいるのです。彼女が育んだ友情や、友人達と交わした手紙にもそれは表れています。また、ベリー地方に主題を求めて物語を創作することによって、民衆的、つまり昔からある伝統的な文学のテーマの一部を活性化し、再考した点も重要です」

そんな館長さんの言葉を聞くと、子ども向けのおとぎ話として作られたサンドの作品群が、それまでとはまた違った色をもって輝き始める。

ジェローム・ファリグル
©Musée de la Vie romantique/Marie Desmargers

最後に、英語のromanticからフランス語になったromantiqueについて聞いてみた。「ロマンチック」と聞くと、私達日本人は感受性豊かで情熱にあふれる表現や人のことを想像するけれど、それは現代のフランス人にとっても同じ状況のようだ。「センチメンタル、情熱的であるという意味で使われることが多く、実際に、そのイメージを探して美術館を訪れる方々もいます。ミュッセやショパンとの恋愛で知られるジョルジュ・サンドは、現代的な意味でも確かにロマンチックではありますが、彼女の偉大さは、そこにとどまることなく、女性の権利や自由についての思想などを残したところにあるのです」。サンドは、あらゆる観点から見て、フランスのロマン主義を体現している人物といえる。

ロマン派美術館
住所：16 rue Chaptal 75009 Paris
開館時間：10時－18時（月曜日と一部祭日を除く）
サイト：http://museevieromantique.paris.fr/en（英語）

あとがき

ジョルジュ・サンドが生きた19世紀のフランスは、激しく揺れ動いていた。前世紀末に起きたフランス革命を受けて王権が滅んだ後、社会は安定を見出せずにいた。サンドの父親は戦争に駆り出されているし、サンド自身も、幼少期に戦争を目の当たりにした。

産業革命が進みブルジョワジーが権力を握る一方で、労働者階級や農民は昔と変わらず貧困にあえいでおり、フランス革命が掲げていた理想とはほど遠い現実を生きていた。平等な社会を切望する民衆の力によって勃発した2月革命にはサンド自身深く関わったものの、その血なまぐさい展望には深く失望させられている。作家であるサンドは、自らが生きる世の中を「崩壊のただなか」としながら、文学の力を最後まで信じて書き続けた。

同時代の文豪バルザックなども、ペンの力で世の中を変えようと意気込んだ作家のひとり。コーヒーを大量に飲むなどして脳を酷使し、脱稿したらレストランへ繰り出して牡蠣を一度に100個も平らげるなどの伝説を残した。サンドはというと、コーヒーよりはショコラ・ショーを愛飲し、レストランよりは野外で食べるシンプルな食事を好んだ。いい季節になると緑豊かな庭で食事をし、その食卓には小鳥がやってきては、皿から果物をついばんだりすることもあったという。

サンドの朝の食卓のお供をするのは、愛猫のミヌーだった。大胆にも食卓によじ登り、舌を鳴らしてミルクを飲むこの奔放な猫。皿にのったバターをぺろぺろなめたりするミヌーを、サンドは止めもしなかった。猫が荒らしたテーブルも、きっと使用人が片づけていたのだろうなどとは思うけれど、なんだかうらやましくなるような余裕……。当時、「スローフード」などという言葉はなくとも、ノアンの食卓にはなんともゆったりとした時間が流れていた。

サンドがもし生きていたら、現代の私達の食卓をどう見るだろうか。効率ばかりを追い求め、いかに時間をかけずに食べるかを重要視する結果、人びとは冷凍食品やファストフードをためらいなく食卓に並べるようになった。また、その安全性が分からないままに、遺伝子組み換えの作物や各種の添加物がいつの間にか日々の食卓に紛れ込んでいる。食文化が豊かとされてきたフランスにしても、その傾向はたいして変わらない。

そんな時代だからこそ、どんなに忙しかったとしても、食べることに興味がなかったとしても、毎日の食卓を大切にしていきたい。できるだけ体によい食材を探してみる。体の声を聴きながら、ちょっぴり時間をかけて料理をしてみる。また、もしすぐにはなにも変えられなかったとしても、まずはゆったりとした気持ちで食卓についてみる……。そんな小さな心がけのひとつひとつが、私達の心身を少しずつ活性化し、いずれは社会を変えていく大きな力につながっていくはずだ。

浮き沈みの激しい時代の中、サンドが晩年までしぶとく執筆を続けられたのにも、愛する孫の教育に思う存分エネルギーを注げたのにも、ノアンの食卓が大いに貢献していると思う。

サンドの著作からの引用は、すでにある翻訳を参考にさせていただきながら、原文にあたって訳した。

この本の生みの親は、２００６年に「文学と食」のテーマでの執筆を勧めてくださったパリの日本語新聞『ＯＶＮＩ』の元編集長佐藤真さんです。連載中から記事を飾っていただいたうえ、本書のカバーに素晴らしい切り絵を寄せてくださった益子実穂さん、音楽に関する表現について助言をくださったソプラノ歌手のマリアム・タマリさん、果樹について教えてくださった造園家の遠藤浩子さん、日本産の洋ナシでクラフティーを作ってくださったLe pain gris grisの漆原友紀さん、資料について貴重な示唆をしてくださった小説家の平野啓一郎さん、そしていつも支えてくれる友人や家族の皆、本当にありがとうございました。

ゆっくりとしか進まない執筆を温かく見守ってくださったうえ、細かい作業を手伝ってくださった現代書館の山田亜紀子さん。改めてジョルジュ・サンドと向き合うきっかけを作ってくださったこと、約1年半にわたって感動を分かち合ってくださったこと、心から感謝しています。こうやって美しい本ができ上がったのは、デザイナーの伊藤滋章さんのおかげです。本当にお世話になりました。

最後に、この本を手にとってくださったすべての方々へ深謝を。至らないところが多いながらも、心の栄養になるような本を目指して一生懸命作りました。

アトランさやか

Tous mes remerciements à :

Dan Béraud (*Editions ilyfunet*)
Michèle Bertaux (*Maisons de Victor Hugo*)
Marie-France Berthault
Katia Bielli
Marie-Agnès Boquien-Fresneau
Florence Claval (*Maisons de Victor Hugo*)
Jérôme Farigoule (*Musée de la vie romantique*)
Nicole Ivanoff
Caroline Loeb
Maurice Mallet
Catherine Sorel (*Musée de la vie romantique*)
et mon beau-père Georges Atlan

図版出典一覧

・番号はページ数に対応しています。
・出典記載がないものはすべて著者が撮影した写真です。

009　Source gallica.bnf.fr / BnF

016　parismusees.paris.fr / Paris Musées

017　サンドの父　Séché, Alphonse. *GEORGE SAND*, LOUIS-MICHAUD,1909.
サンドの母　parismuseescollections.paris.fr/ Paris Musées

021　Séché, Alphonse. *GEORGE SAND*, LOUIS-MICHAUD,1909.

025　Séché, Alphonse. *GEORGE SAND*, LOUIS-MICHAUD,1909.

037　http://webmuseo.com/ws/musee-de-la-chatre/app/collection/record/565
（Musée George Sand et de la Vallée Noire所蔵）

045　Séché, Alphonse. *GEORGE SAND*, LOUIS-MICHAUD,1909.

084　Sand, Christiane. *A LA TABLE DE GEORGE SAND*, Flammarion, 1993.

099　Séché, Alphonse. *GEORGE SAND*, LOUIS-MICHAUD,1909.

103　parismuseescollections. paris.fr/ Les musées de la ville de Paris

105　assemblee-nationale.fr/ Assemblée nationale

109　Source gallica.bnf.fr / BnF

111　Source gallica.bnf.fr / BnF

115　Source gallica.bnf.fr / BnF

117　Sand, George; Musset, Alfred de. *Correspondance de George Sand et d'Alfred de Musset*, E. Deman, 1904.

119　Source gallica.bnf.fr / BnF

121　Source gallica.bnf.fr / BnF

125　parismusees.paris.fr / Paris Musées

127　Source gallica.bnf.fr / BnF

132　Sand, Aurore. *George Sand chez elle*, Impr. Moriamé, 1900.

133　3点すべて　Source gallica.bnf.fr / BnF

134　ドラクロワが描いたサンド肖像　eugenedelacroix.org/ Eugène Delacroix
リナ・カラマッタ　Source gallica.bnf.fr / BnF

141　Source gallica.bnf.fr / BnF

145　Source gallica.bnf.fr / BnF

149　著者撮影（Maisons de Victor Hugo所蔵）

163　musee-delacroix.fr/ Musée national Eugène-Delacroix（国立ウジェーヌ・ドラクロワ美術館所蔵）

169　archive.or/ Internet Archive（メトロポリタン美術館所蔵）

181　ヴィクトル・ユゴー　Source gallica.bnf.fr / BnF

〈サンドの伝記〉

Bloch-Dano, Evelyne. *Le dernier amour de George Sand*, Grasset, 2010.

Sand, Christiane. *A la table de George Sand*, Flammarion, 1988.

Asset, Philippe. Lacroix, Muriel. Pringarbe, Pascal. *Les carnets de cuisine de George Sand*, Edition du Chêne, 2013.

Sand,George. *Scène gourmands Repas et recettes du Berry*, Librio, 1999.

Perrot, Michelle. *Geoge Sand à Nohant*, Seuil, 2018.

Reid, Martine. *George Sand*, Éditions Gallimard, 2013.

Reid, Martine. Tillier, Bertrand. *l'ABCdaire de George Sand*, Flammarion, 1999.

持田明子『ジョルジュ・サンド　１８０４－７６――自由、愛、そして自然』藤原書店、２００４年

坂本千代『愛と革命――ジョルジュ・サンド伝』筑摩書房、１９９２年

Maurois, André. *Lélia ou La Vie de George Sand*, Librairie Hachette, 1952.

アンドレ・モロワ、河盛好藏、島田昌治訳『ジョルジュ・サンド』（現代世界文学全集29）新潮社、１９５４年

Bouchardeau,Huguette. *George Sand, la lune et les sabots*, Edition Robert Laffont, 1990.

ユゲット・ブシャルドー、北代美和子訳『ジョルジュ・サンド』河出書房新社、１９９１年

池田孝江著『ジョルジュ・サンドはなぜ男装をしたか』平凡社、１９９８年

〈サンドの主な作品〉

Indiana, Éditions Paleo, 2007.

Les Maîtres mosaïstes, Éditions Paleo, 2008.

Le péché de Monsieur Antoine, Éditions d'Aujourd'hui, 1976

Les Maîtres Sonneurs, Éditions Gallimard, 1979.

Nanon, Éditions Paleo, 2008.

Mauprat, Éditions Gallimard, 1981.

小倉和子訳『モープラ――男を変えた至上の愛』（ジョルジュ・サンドセレクション１）藤原書店、２００５年

La Mare au Diable, Éditions Gallimard, 1999.

持田明子訳『魔の沼　ほか』（ジョルジュ・サンドセレクション６）藤原書店、２００５年

La Petite Fadette, François le Champi, Hachette, 1979.

Le Meunier d'Angibault, Librairie Générale Française, 1985.
Histoire de ma vie, Librairie Générale Française, 2004.
Correspondance Flaubert/Sand, Flammarion, 1992.
Correspondance de George Sand Tome VII, Georges Lubin, 1970.
Impressions et souvenirs; édition préparée par Claire Labouygues et Nathalie Desgrugillers-Billard, Éd. Paleo, cop. 2008.
樋口仁枝訳「花たちのおしゃべり」『おばあさまの物語』悠書館、2008年
篠田知和基訳『フランス田園伝説集』岩波文庫、1988年

〈その他〉
平野啓一郎『葬送』新潮社、2002年
佐藤真『パリっ子の食卓――フランスのふつうの家庭料理のレシピノート』河出書房新社、2013年
原田マハ『ユニコーン――ジョルジュ・サンドの遺言』NHK出版、2013年
アンカ・ミュルシュタイン著、塩谷祐人訳『バルザックと19世紀パリの食卓』白水社、2013年
坂本千代、加藤由紀『ジョルジュ・サンドと四人の音楽家――リスト、ベルリオーズ、マイヤベーア、ショパン』彩流社、2013年
饗庭孝男（ほか）編『新版 フランス文学史』白水社、1992年
Samuel, Claude. Messiaen, Olivier. *Musique et couleur : nouveaux entretiens avec Claude Samuel / Olivier Messiaen*, P. Belfond, 1986.
Bienfait, Bérangère. Les chats des écrivains, Éditions Gallimard, 2015.
Dérens,Isabelle. *Le Guide du Promeneur 3e arrondissement*, Parigramme, 1994.
GRAND DICTIONNAIRE UNIVERSEL DU XIXe SIÈCLE, Slatkine, 1982.
GRAND LAROUSSE UNIVERSEL, Larousse, 1985.
Balzac,Honoré de. *La Rabouilleuse*, Éditions Gallimard, 1999.
オノレ・ド・バルザック、吉村和明訳『ラブイユーズ――無頼一代記』（バルザック「人間喜劇」セレクション 第6巻）藤原書店、2000年
Balzac, Honoré de. *Béatrix*, Éditions Gallimard, 1979.
モーパッサン、新庄嘉章訳『女の一生』新潮文庫、1951年
フロベール、生島遼一訳『ボヴァリー夫人』新潮文庫、1965年
マルセル・プルースト、井上究一郎訳『失われた時を求めて』ちくま文庫、1993年
ドナルド・キーン、徳岡孝夫訳『日本文学の歴史10 近代・現代篇1』中央公論社、1995年

〈関連サイト〉
http://www.georgesand.culture.fr/fr/fa/fa00.htm

著者……アトランさやか
1976年生まれ。青山学院大学フランス文学科卒業。
2001年に渡仏、パリ第4大学（ソルボンヌ大学）にて学び、
修士号を取得する。
学業終了後、パリをベースに執筆活動をはじめ、
フランスやヨーロッパの暮らしについて寄稿する。
2008年以降、パリの日本語新聞『OVNI』にて、
フランスの作家と食をテーマにしたコラムを連載している。
著書に『薔薇をめぐるパリの旅』（毎日新聞社）、
『パリのアパルトマンから』（大和書房）、
共著に『10人のパリジェンヌ』（毎日新聞社）がある。
https://sayakaatlan.blog.fc2.com/

カバー切り絵……益子実穂
地図製作……曽根田栄夫
ブックデザイン……伊藤滋章

ジョルジュ・サンド　愛《あい》の食卓《しょくたく》
19世紀《せいき》ロマン派《は》作家《さっか》の軌跡《きせき》

2018年12月8日　第1版第1刷発行

著者　アトランさやか
発行者　菊地泰博
発行所　株式会社現代書館
〒102-0072　東京都千代田区飯田橋3-2-5
電話 03-3221-1321　FAX 03-3262-5906
振替 00120-3-83725
http://www.gendaishokan.co.jp/
印刷所　平河工業社（本文）
東光印刷所（カバー・表紙・帯・別丁扉）
製本所　積信堂

校正協力：高梨恵一

ISBN978-4-7684-5845-7